MANUAL

DO JOVEM CINEASTA

GUIA PRÁTICO DE EFEITOS ESPECIAIS

CB019041

Ciranda Cultural

Dados Internacionais de Catalogação na Publicação (CIP) de acordo com ISBD

B253m   Barioni, Rafael

       Manual do jovem cineasta: guia prático de efeitos especiais / Rafael Barioni ; Vivian Caroline Lopes ; ilustrado por Sergio Magno. - Jandira, SP : Ciranda Cultural, 2024.
       128 p. : il.; 15,50cm x 22,60cm.

       ISBN: 978-65-261-1229-8

       1. Literatura infantojuvenil. 2. Filmes. 3. Artes. 4. Criatividade. 5. Entretenimento. I. Lopes, Vivian Caroline. II. Magno, Sergio. III. Título.

2023-1778   CDD 028.5
                                CDU 82-93

Elaborada por Lucio Feitosa - CRB-8/8803

Índice para catálogo sistemático:
1.   Literatura infantojuvenil 028.5
2.   Literatura infantojuvenil 82-93

© 2024 Ciranda Cultural Editora e Distribuidora Ltda.
Texto © Rafael Barioni e Vivian Caroline Lopes
Ilustrações: Sergio Magno
Editora: Elisângela da Silva
Editora-assistente: Layane Almeida
Preparação: Angela das Neves
Revisão: Karina Barbosa dos Santos e Thiago Fraga
Projeto gráfico: Imaginare Studio
Produção: Ciranda Cultural

1ª Edição em 2024
www.cirandacultural.com.br

PLANO DE FILMAGEM

LIÇÕES DE CINEMA

Ver filme é uma das coisas mais legais que existem. E fazer um pode ser ainda mais divertido.

Em poucos lugares, você tem a chance de explodir bombas, viajar até o espaço, correr de zumbis e ainda entrar numa aventura de dragões.

Ver ou fazer cinema é um jeito de experimentar sensações que talvez você nunca vá viver.

E além de ser muito gostoso se sentir como um super-herói voando por aí ou embarcando num navio de piratas, os filmes ainda nos ensinam lições valiosas, como se fôssemos robôs aprendendo o que é amar.

O cinema é uma arte que envolve várias áreas do conhecimento: filosofia, economia, literatura, engenharia, história, música, desenho, química, física, fotografia...

Os grãos de prata que formam a imagem na película? Pura química.

Os 24 quadros por segundo que dão a ilusão de movimento? Física, neurociência.

Orçamento das produções? Economia, administração.

Roteiro? Filosofia, literatura, artes dramáticas, história...

O lançamento de um filme? Publicidade, marketing, relações públicas.

Cenários? Arquitetura, artes plásticas.

Figurinos? Moda, processos industriais.

Produção? Logística, gestão, empreendedorismo, matemática, economia.

Sem falar de toda a engenharia da área de luz, elétrica e maquinaria, gerenciamento de equipe, planejamento de cronograma, *storyboard*, atuação, pesquisa... São dezenas de conhecimentos combinados em um lugar só. O cinema é multidisciplinar.

O cineasta tem que ser um pouco cientista, tem que se aprofundar em diferentes assuntos, tem que gostar de engenhocas... Pense nos primeiros cineastas: eram inventores! Pessoas que literalmente inventaram uma máquina para projetar imagens em movimento.

Não à toa, o cinema é responsável pelo desenvolvimento de muita tecnologia de ponta: desde a parte óptica, com a produção de lentes incríveis, até a criação de superprogramas de computador para animação.

O cinema é uma das indústrias mais influentes do mundo; tem muito a ensinar a qualquer pessoa, mesmo a quem não pensa em fazer filmes.

E tem uma parte específica do cinema que é superfascinante: os efeitos especiais.

O efeito especial também é uma mistura de várias áreas: artes plásticas, química, marcenaria, física, psicologia... Sim, psicologia! Afinal, o efeito é pensado para criar uma ilusão.

E essa ilusão só funciona quando existe uma história que envolve a imaginação de quem está assistindo. Um efeito especial sem contexto, sem história, sem magia não é nada. Não tem graça. Lembre-se sempre disso.

Fazer cinema e criar efeitos especiais é uma excelente maneira de exercitar o cérebro, a mente e o coração. Para fazer um bom efeito, você precisa estudar, pensar, imaginar, planejar e gostar de uma boa dose de adrenalina.

E além de todo esse aprendizado que o cinema proporciona para quem faz e para quem assiste a filmes, ele ainda é uma arte coletiva. Ou seja, gera conexão entre as pessoas.

Diferente de pintar um quadro, fazer um filme é resultado da colaboração de muita gente. Sejam duas ou duas mil pessoas. Por mais que seja possível fazer um filme sozinho, 99% das vezes um filme envolve vários técnicos e artistas. E é isso que torna a sétima arte tão especial.

Fazer filmes é uma experiência que vale muito a pena: é divertido, você faz novas amizades e ainda deixa você mais esperto, culto e sensível para vida.

Se um dia alguém virar um cineasta famoso por causa deste livro, é claro que ficaremos orgulhosos, ainda mais se nos citarem no dia em que receberem um prêmio. Mas já estaremos felizes se alguém guardar uma boa lembrança de uma tarde que passou tentando fazer algum desses filmes.

Ver ou fazer cinema é uma experiência muito poderosa.

O EFEITO

ESPECIAL

Alguns dizem que o primeiro estúdio de cinema a ter um departamento de efeitos especiais foi a Fox, outros, a MGM. Fato é que o primeiro filme a botar o departamento de efeitos especiais nos créditos foi uma produção da Fox, *What Price Glory*, de 1926.

Naquela época ainda não era tão clara a divisão das técnicas do efeito especial. Hoje em dia, é uma área dividida em vários departamentos: desde técnicos em modelagem de próteses de pessoas a coreógrafos para animação em 3-D.

Quando falamos em efeitos especiais, logo pensamos naquelas superexplosões. Mas, afinal, o que pode ser considerado um efeito especial? É uma longa discussão. Fazer uma cidade sendo destruída por naves alienígenas em *Independence Day* ou a cena de Mary Poppins tirando objetos enormes de sua pequena bolsa podem ser considerados efeitos.

Nem sempre o efeito especial precisa criar algo extraordinário, que fugiria ao fluxo natural das coisas. Muitas vezes o efeito simplesmente ajuda a resolver um problema de produção. Por exemplo, uma simples cena de duas pessoas conversando dentro de um carro em movimento pode precisar da ajuda de efeitos especiais. Antigamente, não era simples prender câmeras enormes no carro e colocar duas superestrelas de Hollywood

dirigindo no meio de Nova Iorque. Era mais fácil gravar a cena em um estúdio e usar efeitos especiais de composição ou projeção para inserir imagens da cidade passando pela janela do carro. Isso dava a impressão de que o carro estava em movimento. Uma cena aparentemente simples, mas com efeitos especiais por trás.

> **O EFEITO É SEMPRE UM ALIADO DA HISTÓRIA: ELE SERVE PARA FAZER O ROTEIRO GANHAR VIDA NA TELA.**

Em geral, podemos dividir os efeitos em dois tipos: os efeitos realizados na hora da filmagem e os efeitos realizados na pós-produção.

Os efeitos que acontecem no set podem ser de vários tipos: ópticos, práticos, mecânicos... São todos aqueles que acontecem "de verdade" na frente das câmeras, seja com truques de perspectiva, cenografia, robótica, pirotecnia, dublês, maquiagem, etc. Por exemplo: explosões reais, batidas de carro ou uso de bonecos mecatrônicos.

Os efeitos de pós-produção são aqueles gerados depois da filmagem. Eles também abrangem várias técnicas: composição, modelagem em 3-D, animação, etc. Desde os anos 1990, os efeitos de pós são feitos geralmente por computador, como a criação dos dinossauros 3-D em *Jurassic Park*, que foi uma revolução, por exemplo. Mas mesmo antes dos computadores, já existiam efeitos de pós-produção, que eram feitos de maneira óptica direto na película, por meio de máquinas como a "truca" – de "trucagem".

Muitas cenas misturam efeitos realizados no set com efeitos de pós-produção. Por exemplo, se o Godzilla esmaga um carro na rua e ele explode: o carro explodindo é real, um efeito prático. Mas o pé gigante do Godzilla é colocado depois, na pós-produção.

Apesar de estarmos em um momento em que os filmes estão abandonando cada vez mais os efeitos no set e caminhando para fazer tudo digitalmente na pós-produção, aqui, neste livro, vamos nos dedicar principalmente a efeitos realizados no set. E mesmo quando sugerirmos efeitos que dependem de pós-produção, será uma pós-produção muito simples, que explora os recursos mais básicos do filme em movimento, como o efeito reverso. Mas isso não é nada contra os efeitos de pós-produção. Fizemos essa escolha porque os efeitos no set envolvem mais "mão na massa" e são mais divertidos de realizar, porque abrangem vários conhecimentos e, do nosso ponto de vista, são muito educativos para aprender os princípios básicos do cinema. Desde o primeiro efeito especial registrado na história, que foi uma cena de decapitação no pequeno filme *The Execution of Mary, Queen of Scots,* de 1895, até chegar aos filmes da Marvel de hoje em dia, muito se evoluiu em tecnologia, mas alguns princípios de como fazer um efeito especial continuam exatamente os mesmos. Por isso, se você entende a lógica básica, é capaz de fazer de tudo na tela.

INSTRUÇÕES

Criamos três roteiros de curta-metragem de diferentes gêneros. As histórias são supersimples, mas foram elaboradas para abrangerem diferentes técnicas de filmagem e de efeito que achamos importantes. Depois, com esse pequeno repertório, você pode desenvolver sozinho novas técnicas, histórias e criar seus próprios filmes.

Antes de sair filmando ou preparando efeitos sem pensar, primeiro leia todo o roteiro, as receitas e também a decupagem de planos para entender certinho o que precisa ser feito. Depois faça um bom planejamento. Onde você vai gravar? Qual vai ser o custo de material? Como economizar tempo ou dinheiro? Quem pode entrar na equipe? O que cada um vai fazer?

Ao começar sua diária de gravação, tenha um plano de filmagem bem organizado, com a ordem de cada plano que será gravado, e uma estimativa de tempo para cada um. Lembre-se: um filme não precisa ser gravado na ordem do roteiro, e sim na ordem que for melhor para a produção.

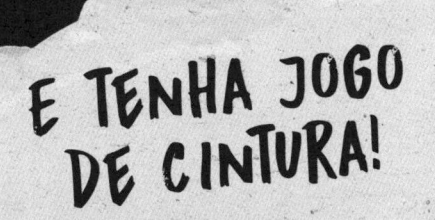

E TENHA JOGO DE CINTURA!

Mesmo com um planejamento feito nos mínimos detalhes, um set é vivo e vai apresentar situações inesperadas, ainda mais realizando efeitos especiais. Aquela chuva que você não previa, um objeto que quebra, um efeito que não dá certo, um ator que não consegue dar seu texto... Quanto mais preparado você estiver, mais fácil vai resolver cada situação, adaptando o seu plano. Não fique frustrado quando parecer que tudo saiu do controle e que sua filmagem é um desastre, isso é normal no cinema, faz parte do jogo. E lidar com esse tipo de situação prepara você para a vida. Ter que achar soluções rápidas e criativas no meio da pressão de um set de filmagem é um dos melhores treinos do mundo para ter raciocínio rápido, controle emocional e presença de espírito.

Por fim, neste livro focamos principalmente em como gravar, mas com o que vamos mostrar aqui você pode se virar numa boa depois, usando algum programa fácil de edição, até de celular mesmo, para montar suas histórias.

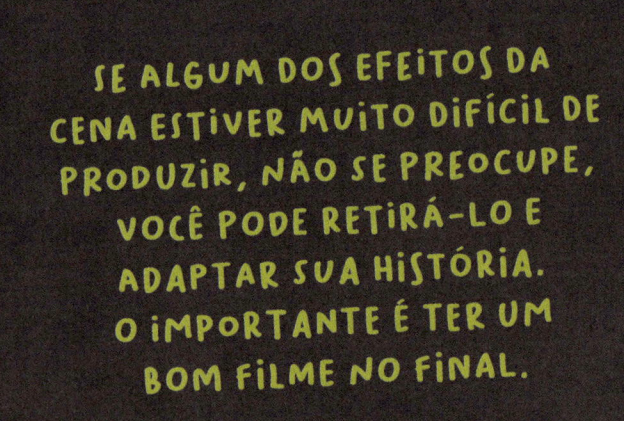

SE ALGUM DOS EFEITOS DA CENA ESTIVER MUITO DIFÍCIL DE PRODUZIR, NÃO SE PREOCUPE, VOCÊ PODE RETIRÁ-LO E ADAPTAR SUA HISTÓRIA. O IMPORTANTE É TER UM BOM FILME NO FINAL.

LEMAS IMPORTANTES

* Fazer malfeito dá tanto trabalho quanto fazer bem-feito.

* Seja muito cuidadoso, nenhum filme vale o machucado de alguém.

* Ser rápido e eficiente não significa correr como barata tonta.

* Se perceber que algo vai dar errado, avise logo.

* Sempre ouça as pessoas de sua equipe, mas não deixe de defender suas ideias quando acreditar nelas.

* Mesmo que não escolham suas ideias, faça de tudo para que o filme dê certo.

* Ser sério e comprometido não significa gritar com outras pessoas.

* A solução mais simples muitas vezes pode dar o melhor efeito.

* Tudo que envolve a filmagem, de algum modo, vai resultar na tela. Pense nisso!

NO CINEMA, CLÁSSICO É CLÁSSICO

MOVIMENTOS CLÁSSICOS

Travelling in

Câmera se movimenta para a frente.

Travelling out

Câmera se movimenta para trás.

Travelling lateral

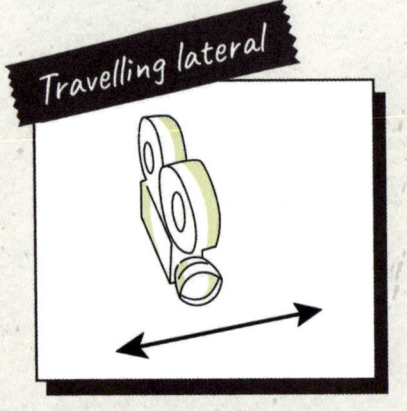

Câmera se movimenta para a direita ou para a esquerda.

Pan

Câmera gira em seu próprio eixo para a direita ou para a esquerda.

Tilt up

Câmera faz movimento para cima em seu próprio eixo.

Tilt down

Câmera faz movimento para baixo em seu próprio eixo.

Chicote

Movimento rápido de câmera.

Zoom in

Fecha o zoom da câmera, aproximando a imagem.

Zoom out

Abre o zoom da câmera, afastando a imagem.

Dutch

A câmera se inclina na diagonal para a esquerda ou para a direita.

ÂNGULOS CLÁSSICOS

Ângulo normal

Ângulo frontal

Ângulo 3/4

Ângulo lateral

Ângulo ¼

Ângulo traseiro

Plongée

Contra-plongée

Zenital

Contra-zenital

PLANOS CLÁSSICOS

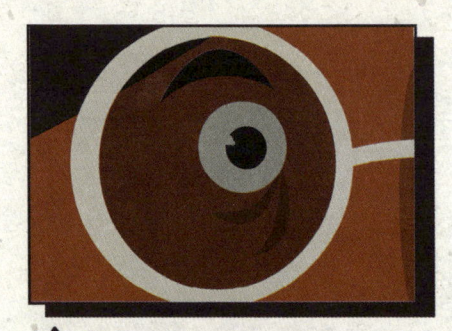

Plano detalhe

Primeiro plano ou close-up

Primeiro médio curto

Primeiro médio

Plano americano

Conjunto

Plano geral

Grande plano geral

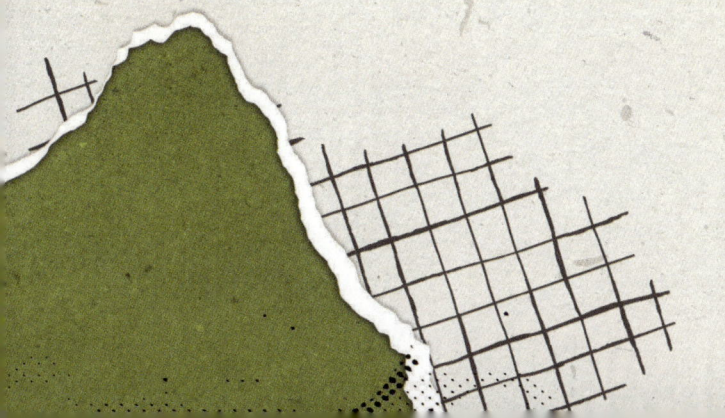

FILME 1

ABDUÇÃO EXPLOSIVA

SINOPSE

Caio não aguenta mais ser abduzido por alienígenas. Quase toda noite ele acorda dentro de uma nave extraterrestre sofrendo experiências malucas nas mãos de E.T.s. Chegou a hora de dar um basta nessa situação! Para isso, o garoto planejou uma armadilha explosiva para pegar esses terríveis aliens de surpresa.

LISTA DE EFEITOS

- SANGUE FALSO
- TRIPAS E ÓRGÃOS FALSOS
- CENÁRIO ALIEN
- ATMOSFERA ALIENÍGENA
- BOMBA FALSA
- BARRIGA FALSA A COM LUZ VERMELHA PISCANDO
- CORTE NA BARRIGA
- GOSMA VERDE
- SANGUE VERDE
- MAQUIAGEM DE MÃO DE E.T.
- ESCALPO
- BISTURI CENOGRÁFICO
- SILHUETA DE E.T.
- GRAVIDADE ZERO (É UM EFEITO DE CÂMERA, E VAMOS EXPLICÁ-LO DIRETAMENTE NA DECUPAGEM DE PLANOS)

PERSONAGENS

ALIEN — IDADE INDETERMINDADA

CAIO — 14 ANOS

CENA 1   EXT. NOITE – PLANETA ALIENÍGENA

PLANO 1

Nuvens esverdeadas escorrem no céu e se misturam a outras cores e gases de uma estranha atmosfera de um planeta alienígena. Trovões e sons perturbadores dão um clima sinistro à visão.

CENA 2   INT. NOITE – QUARTO DO CAIO

PLANO 2A

Caio olha angustiado o céu estrelado pela janela de seu quarto.

CENA 3   INT. NOITE – QUARTO DO CAIO

PLANO 4B

É madrugada. O mesmo relógio marca **2h18**.

Uma luz esverdeada entra em cena, e os objetos na mesa de cabeceira começam a vibrar.

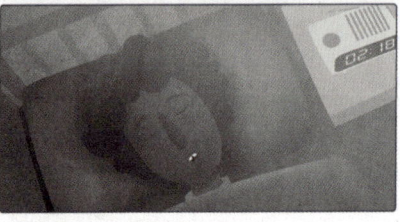

PLANO 5

Caio dorme um sono pesado, enquanto a luz verde ilumina toda a sua cama.

CENA 4   INT. NOITE – NAVE ALIENÍGENA

PLANO 8

Aos poucos a luz verde se apaga e revela o rosto de Caio, que, anestesiado, abre os olhos.

PLANO 9

O garoto tenta olhar ao redor, percebe estranhos tubos ao seu lado com um tipo de gosma viva, e logo se dá conta: ele está imobilizado em uma maca alienígena!

PLANO 2B

O garoto fecha a janela, pega uma pequena bomba-relógio e abre a boca para comê-la.

CAIO

Chega de me abduzirem! Agora eu que vou pegar vocês, seus aliens terríveis!

PLANO 3

Depois, ele levanta a blusa do pijama, e vê a luzinha vermelha da bomba piscar debaixo da pele de sua barriga.

Ele respira fundo, apaga a luz do quarto, deita na cama e fecha os olhos para dormir.

PLANO 4A

Ao seu lado, na mesa de cabeceira, o relógio marca a hora: **22h58**.

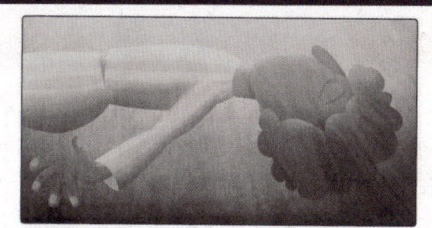

PLANO 6

O menino não percebe quando começa a levitar, como se estivesse sendo atraído pela luz esverdeada.

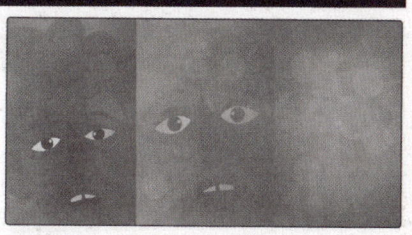

PLANO 7

A luz fica cada vez mais forte no rosto do garoto, até deixar a tela totalmente esverdeada.

PLANO 10

Para desespero de Caio a mão de um alien entra em cena com uma espécie de bisturi e começa a fazer um corte na cabeça dele, que não sente dor, mas fica apavorado.

O E.T. faz um corte no couro cabeludo de Caio e escalpela uma parte de sua cabeça até surgir o cérebro.

O alien coloca um pequeno objeto brilhante no cérebro do garoto, e então fecha o corte.

INT. NOITE – NAVE ALIENÍGENA

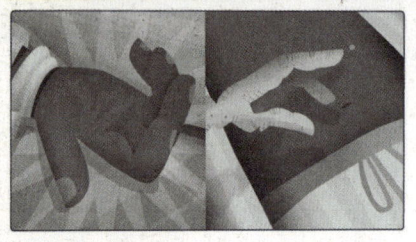 

PLANO 11A

Caio tenta se soltar, mas está fortemente amarrado.

A mão do alien abre a camisa de Caio e deixa sua barriga à mostra.

A luzinha da bomba-relógio pisca debaixo da pele do garoto.

O alien aponta para a pequena luz piscante e fala algo que não é possível entender.

PLANO 11B

Em seguida, usando o mesmo bisturi, ele faz um corte na barriga de Caio, tirando tripas, sangue e outros órgãos.

Caio grita de aflição, mas o alien não está nem aí: enfia sua asquerosa mão alienígena no meio das vísceras do menino, e... encontra a bomba-relógio!

CENA 5 **INT. NOITE – QUARTO DO CAIO**

PLANO 15A

Mas mal dá tempo de comemorar, e...

PLANO 15B

Bip... Bip... Bip!

Caio escuta o som da bomba dentro de sua barriga!

O garoto se desespera, mas não dá tempo de fazer nada...

PLANO 12

Um som forte de explosão é seguido por um monte de sangue verde, que cai sobre o rosto de Caio.

PLANO 13

Caio acorda assustado em sua cama, como se voltasse de um pesadelo.

Ele passa a mão na cabeça, mas aparentemente não há nenhum ferimento.

PLANO 14

Em seguida, Caio levanta a camisa e verifica sua barriga. Está tudo certo. Ele sorri aliviado.

CAIO
Peguei vocês!

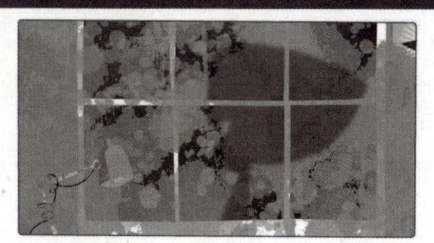

PLANO 16

Bum! A bomba explode, espirrando sangue na janela ao lado da cama.

O sangue escorre pelo vidro, quando surge do outro lado a silhueta de um E.T., seguida por uma sinistra risada alienígena.

FIM!

RECEITAS

SANGUE FALSO

Sangue falso é o tipo de coisa que se usa muito em cinema. Existem inúmeras receitas. Algumas têm um vermelho mais vivo, outras fazem um sangue mais aguado, mas que funciona melhor em cenas de muito sangue jorrando, por exemplo. Apresentamos aqui três receitas de sangue falso. Veja qual é a melhor para seus filmes.

Opção 1

Materiais:

* ½ LITRO DE GROSELHA
* 1 LITRO DE MEL
* 2 COLHERES (CHÁ) DE CORANTE LÍQUIDO VERMELHO
* 1 COLHER (CHÁ) DE ACHOCOLATADO EM PÓ

Produção:

Em um pote, despeje aos poucos o mel e a groselha. Em seguida, junte o corante. Para que o sangue fique ainda mais intenso, acrescente o achocolatado.

Materiais:

* **3** COLHERES (SOPA) DE GLUCOSE DE MILHO
* **1** COLHER (CAFÉ) DE CORANTE ALIMENTÍCIO EM PÓ VERMELHO OU **2** GOTAS SE O CORANTE FOR LÍQUIDO
* **½** COLHER (CAFÉ) DE CORANTE ALIMENTÍCIO EM PÓ VERDE OU **1** GOTA SE O CORANTE FOR LÍQUIDO
* **1** COLHER (CAFÉ) DE ACHOCOLATADO EM PÓ

Produção:

Coloque as três colheres de sopa de glucose em um recipiente. Em seguida, acrescente primeiro o corante alimentício vermelho, depois o verde. Na sequência junte o achocolatado em pó e misture tudo novamente, até que fique homogêneo. Se estiver muito transparente, coloque mais achocolatado. Se estiver muito espesso, acrescente uma colher de água. Este sangue é comestível, então pode ser colocado na boca para sujar os dentes em uma cena de briga, por exemplo, pois não há problema se for engolido.

Opção 3

Materiais:

* **3½** XÍCARAS (450 G) DE AÇÚCAR DE CONFEITEIRO
* **2** COLHERES (SOPA) DE CORANTE ALIMENTÍCIO LÍQUIDO VERMELHO
* **1** COLHER (SOPA) DE ACHOCOLATADO EM PÓ
* **1** XÍCARA (240 ML) DE ÁGUA

Produção:

Primeiro, misture o açúcar e a água até dissolver. Logo em seguida, coloque o corante até ficar na cor desejada. Por último, acrescente o achocolatado até ficar homogêneo. Esta receita produz um sangue mais líquido.

RECEITAS — FILME 1

TRIPAS E ÓRGÃOS FALSOS

Há muitas maneiras de fazer órgãos falsos. Aqui há duas ideias simples.

Opção 1

Materiais:

* MASSINHA DE E.V.A.
* SANGUE FALSO

Produção:

Você vai fazer uma grande "cobra" com a massinha de E.V.A., imitando tripas. Mergulhe as tripas no sangue e molde-as até que elas fiquem cada vez mais semelhantes entre si. Você também pode criar o formato de um órgão, para dar maior impacto ao corpo.

Opção 2

Materiais:

* PAPEL-TOALHA
* COLA BRANCA
* GUACHE VERMELHO
* PLÁSTICO FILME
* SANGUE FALSO

Produção:

Primeiro, misture a cola com um pouco de água, assim você terá uma cola mais líquida. Em seguida, pegue as folhas de papel-toalha para colar uma em cima da outra. Faça isso três vezes, com três camadas de papel. Na última camada, adicione um pouco de guache vermelho à cola e espalhe na última camada. Quando estiver seco, enrole o papel como se fosse uma tripa e passe o plástico em volta. Depois do plástico, amasse sua obra para dar mais aspecto de tripa. Por fim, passe sangue falso por cima.

CENÁRIO ALIEN

Durante a gravação, você terá de preparar um fundo que servirá como "cenário de uma nave alien". Alguns papéis criam essa ilusão, como o celofane, o alumínio, o laminado ou o plástico-bolha, na paleta do verde-escuro, prata ou mesmo em tons avermelhados, conforme você tenha imaginado o efeito. A sugestão é usar a imaginação e pendurar em uma parede os papéis que serão o fundo de seu filme.

Materiais:

* 3 A 4 FOLHAS DE PAPEL-CELOFANE (VERDE-ESCURO OU VERMELHO)
* 2 METROS DE PLÁSTICO-BOLHA
* 1 ROLO DE PAPEL-ALUMÍNIO E ALGUMAS FOLHAS DE PAPEL-LAMINADO (OPCIONAL)
* FITA DUPLA-FACE OU FITA-CREPE

Produção:

Estenda as folhas na superfície que escolher e amasse um pouco para criar volume. Depois, cole-as como preferir.

ATMOSFERA ALIENÍGENA

Sabe quando você vai a outro planeta, olha pro céu e vê várias nuvens de cores diferentes se mexendo de um jeito que parece que estão derretendo no ar?

Tudo bem, talvez você nunca tenha feito uma viagem interestelar, mas dá para usar a imaginação e fazer um céu assim utilizando um pequeno pote de vidro ou aquário e misturando líquidos de diferentes densidades. É um efeito de outro mundo!

Materiais:

Para criar o efeito

* **5** COLHERES (SOPA) DE SAL
* **4** COPOS (200 ML) DE ÁGUA
* **5** ML DE CORANTE ALIMENTÍCIO LÍQUIDO (ESCOLHA UMA COR)
* **5** ML DE CORANTE ALIMENTÍCIO LÍQUIDO (ESCOLHA OUTRA COR)
* **½** COPO (200 ML) DE COLA BRANCA
* **½** COPO (200 ML) DE DETERGENTE

Para a base

* **1** RECIPIENTE GRANDE E TRANSPARENTE, COMO UM AQUÁRIO DE TAMANHO MÉDIO OU UM POTE DE ACRÍLICO

Produção:

Ferva dois copos de água com cinco colheres de sal. Após a fervura, coloque a água no recipiente transparente e deixe esfriar. Depois, ferva mais dois copos de água, desta vez sem sal. Coloque também no recipiente, mas sem misturar com a água colocada anteriormente. Para isso, utilize um saco plástico para dividi-las, que será preso com fitas nas laterais. Por baixo, ficará a água com sal e, após prender o saco, coloque a água fervida. Deixe descansar por cinco minutos. Depois, com cuidado, puxe o saco plástico por uma das pontas. Você perceberá os dois líquidos em densidades diferentes e separados. Então, prepare os efeitos coloridos que serão despejados no recipiente: um será realizado com a cola branca e o corante, e o outro, com o detergente (e também com o corante). Depois, é só despejar aos poucos os dois líquidos coloridos na água e você verá os efeitos de atmosfera alienígena.

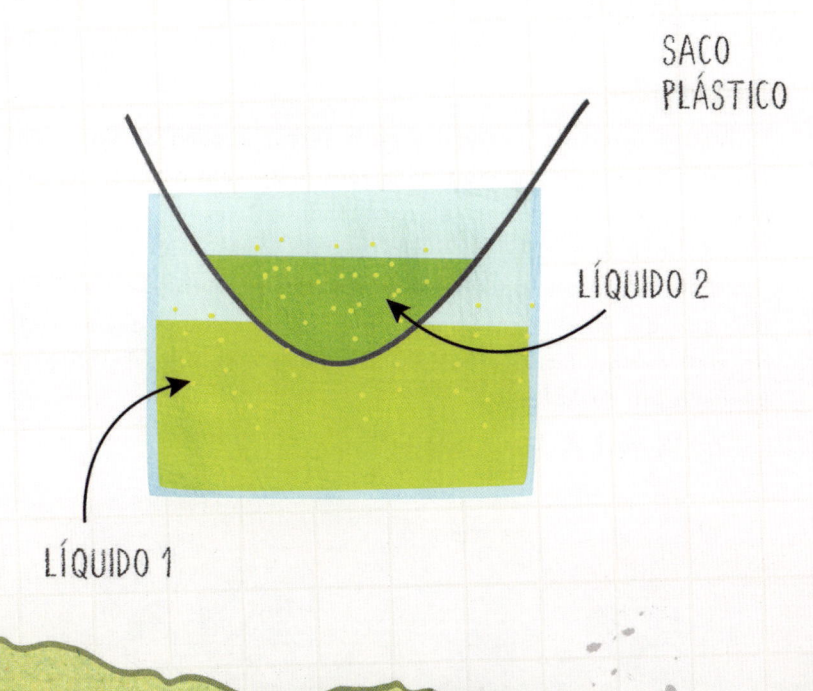

SACO
PLÁSTICO

LÍQUIDO 2

LÍQUIDO 1

BOMBA FALSA

Você vai fazer uma réplica de uma pequena bomba-relógio de dinamite.

Materiais:

* **1** CABO DE VASSOURA
* TINTA ACRÍLICA VERMELHA
* FIOS DE ELETRICIDADE
* RELÓGIO DIGITAL PEQUENO
* PEQUENA LUZ DE LED VERMELHA QUE PISCA
* FITA ISOLANTE

Produção:

Peça a ajuda de um adulto para serrar o cabo de vassoura em vários pedaços de mais ou menos vinte centímetros; depois pinte os pedaços de vermelho. Quando estiverem secos, junte de três a cinco bastões com fita isolante preta. A ideia é deixá-los parecidos com aquelas bananas de dinamite de desenho animado dos anos 1980. Depois de colados, coloque alguns fios de eletricidade. Ligados aos fios, coloque o relógio digital e a pequena luz de LED.

Pronto, você já tem a sua bomba!

BARRIGA FALSA COM LUZ VERMELHA PISCANDO

Você vai usar um manequim para o efeito especial de uma barriga humana. A mesma estrutura será aproveitada para o efeito de corte, que aparecerá na sequência.

Materiais:

* 1 MANEQUIM (DAQUELES DE LOJA, PODE SER USADO E ATÉ ALGUM QUEBRADO)
* 1 ROLO DE MASSA DE PASTEL
* LASER OU LUZ DE LED VERMELHA
* COLCHÃO VELHO
* PIJAMA VELHO
* CAMA

PARA MUDAR O TOM DA PELE DA PESSOA EM CENA (COMO NO CASO DA NOSSA ILUSTRAÇÃO), VOCÊ DEVE USAR PÓ DE MAQUIAGEM NA MASSA DE PASTEL.

Produção:

Para começar, corte a cabeça e os braços do manequim com uma serrinha sem ponta. A ideia é que a sobra encaixe no corpo do ator.

Se você não conseguir um manequim, pode construir essa mesma estrutura com uma caixa de papelão ou outro material.

Em seguida, faça uma espécie de buraco na barriga do manequim. Dentro desse buraco, prenda o laser ou a luz de LED na base de baixo. Cubra o buraco com a massa de pastel e acione o laser para piscar durante a cena. A luz precisa ficar próxima o suficiente para ser vista do outro lado da massa de pastel.

Você também vai precisar de um colchão velho que possa ser cortado.

A ideia é simples: faça um furo no colchão, onde o ator que faz o Caio vai enfiar o braço e a cabeça, se encaixando no manequim. Na verdade, é o manequim que estará deitado na cama com o pijama do personagem, mas a cabeça e os braços do ator darão o realismo. A figura abaixo ilustra bem o esquema. Se não for possível abrir um espaço no estrado da cama para passar o ator, tire o estrado e apoie o colchão em algumas banquetas. Provavelmente você também terá que rasgar o pijama para que o ator possa colocar os braços pelo fundo.

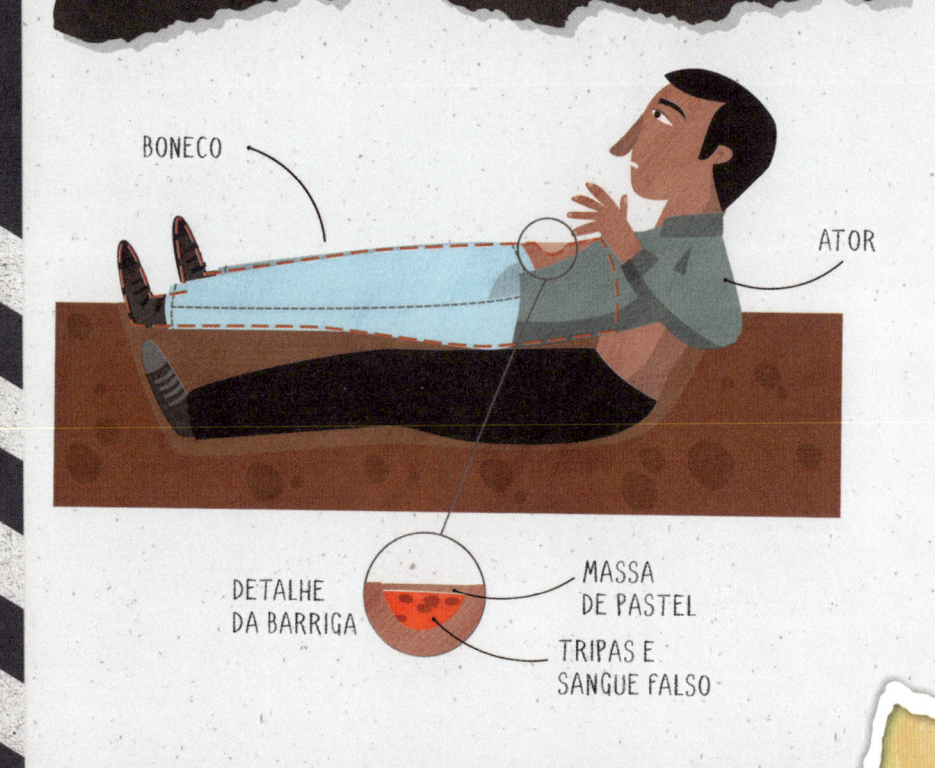

BONECO

ATOR

DETALHE DA BARRIGA

MASSA DE PASTEL

TRIPAS E SANGUE FALSO

CORTE NA BARRIGA

Com a mesma estrutura de manequim utilizada na cena 4, você irá fazer o corte na barriga falsa.

Materiais:

* MANEQUIM COM A BARRIGA PERFURADA
* MASSA DE PASTEL PARA COBRIR O BURACO
* SANGUE FALSO
* TRIPAS E ÓRGÃOS FALSOS
* BATATA-DOCE PODRE
* PEDAÇOS DE GOIABADA
* COLCHÃO VELHO
* SACO TRANSPARENTE

Produção:

Na base do buraco, prenda um saco transparente, onde ficarão as tripas e os órgãos falsos. Neste saco, coloque as tripas falsas, a batata-doce podre e o sangue falso. Passe o sangue falso em volta do buraco do manequim, e coloque também alguns pedaços de goiabada, que vão parecer carne humana. Depois, cubra o buraco com duas camadas de massa de pastel. Se preferir, passe um pouco de pó compacto na massa para dar uma textura de pele. Depois, com o bisturi cenográfico (que você vai aprender a confeccionar na p. 44) você vai cortar a massa de pastel como se fosse a pele do personagem, deixando vazar o sangue e todos os órgãos que estão por baixo.

Aqui você vai fazer novamente o mesmo esquema do colchão apresentado na receita anterior.

GOSMA VERDE

A nossa gosma verde é um tipo de *slime* que borbulha sozinho.

Materiais:

* 340 G DE COLA BRANCA LÍQUIDA
* SABONETE TIPO ESPUMA
* CREME DE BARBEAR
* PURPURINA, CORANTE ALIMENTÍCIO (PÓ OU LÍQUIDO) OU TINTA À BASE DE ÁGUA
* DETERGENTE LÍQUIDO OU AMIDO DE MILHO

Produção:

Coloque a cola branca em uma vasilha. Cubra a camada de cola com o sabonete do tipo espuma, cerca de dois centímetros. Misture bem os dois ingredientes com uma colher ou um palito. Se possível, use um utensílio de madeira ou descartável, para depois não precisar limpar o material. Adicione uma camada de creme de barbear e misture bem. A camada aqui também tem cerca de dois centímetros. Acrescente purpurina, corante alimentício ou tinta. Inclua algumas gotas de detergente líquido ou um bocado de amido de milho para "ativar" o *slime* (a quantidade de detergente ou amido irá determinar o ponto desejado do *slime*). Qualquer um dos dois é responsável por dar liga e mantê-lo firme. Você notará que chegou ao ponto certo quando o *slime* se mantiver em um único pedaço ao ser levantado, e você conseguir colocá-lo de volta sem que ele grude na sua mão.

Agora, cubra-o com uma camada fina de espuma de barbear e armazene para criar bolhas maiores e mais firmes. Deixe assentar por dois dias no pote tampado. A ideia é dar um tempo para que as bolhas se formem. Retire o *slime* do recipiente e brinque com ele. Agora é hora de apertá-lo e de filmar as bolhas que se formam nele.

SANGUE VERDE

Para o sangue verde, você usará a mesma mistura do *slime*, feita no item anterior. A diferença é que esta gosma será mais líquida, de maneira que possa ser atirada para espirrar como um sangue verde. Para deixar a gosma mais líquida, basta acrescentar menos amido de milho ou detergente.

MAQUIAGEM DE MÃO DE E.T.

Iremos fabricar uma mão falsa de E.T. utilizando uma luva e diminuindo o número de dedos.

Materiais:

* LINHA
* AGULHA
* LUVA
* TINTA VERDE
* ENCHIMENTO (ALGODÃO OU LÃ ACRÍLICA)

CORTE

Produção:

Escolha uma luva verde de faxina. Depois, corte a parte de dentro de quatro dedos, como mostra o desenho. Em seguida, peça para um adulto costurar ou colar um ao outro, fazendo com que dois dedos se tornem um só. Depois, pinte a luva em um tom de verde, esfumando, isto é, espalhando de maneira irregular, para que fique com aspecto de ranhura na mão. Depois de secar, coloque o enchimento nas pontas da luva. Pronto! Sua mão de alien está linda.

ESCALPO

Este efeito é trabalhoso, mas bastante legal de produzir. Acompanhe as instruções para criar a ilusão de retirarmos a parte de cima da cabeça de um ser humano!

Materiais:

* 2 TOUCAS DE NATAÇÃO
* BASE LÍQUIDA
* PÓ COMPACTO
* SOMBRA EM PÓ
* SANGUE FALSO

* 1 COLHER (SOPA) DE GELATINA INCOLOR
* 2 COLHERES (SOPA) DE GLICERINA
* PÓ COMPACTO
* 2 COLHERES (SOPA) DE ÁGUA

Produção:

Você vai usar um molde de cabeça para colocar a primeira touca. Após colocá-la, passe uma base líquida de maquiagem na touca inteira para dar a textura de pele. Enquanto a base seca, prepare a pele falsa que servirá como cérebro.

Para a pele falsa você utilizará a gelatina incolor, a glicerina e a água: misture tudo e leve ao micro-ondas por quinze segundos, depois acrescente um pouco de pó compacto para tonalizar.

Agora volte para a touca, passando uma camada de pó compacto. Então, escolha na touca a parte da cabeça onde o efeito de escalpo será realizado. Coloque a gelatina no formato que você quiser. Então, espere secar e realize a maquiagem do machucado com a sombra. Depois, acrescente uma boa quantidade de sangue falso.

Para que o efeito pareça ainda mais real, coloque a outra touca de natação por cima e passe base líquida.

Assim, no momento em que o corte for feito, teremos a ilusão de que o cérebro está saindo da cabeça de verdade.

PERUCA

TOUCA 1

TOUCA 2

MAQUIAGEM DE CÉREBRO

BISTURI CENOGRÁFICO

Você vai produzir um bisturi falso para realizar a cena de escalpo.

Materiais:

* PALITOS DE PICOLÉ
* CANETA DE PONTA FINA
* ESTILETE OU TESOURA
* TINTA SPRAY PRATA METÁLICO OU CINZA
* PAPEL-ALUMÍNIO
* JORNAL PARA FORRAR

Produção:

Com a caneta, desenhe o formato de um bisturi no palito. Depois peça a ajuda de um adulto para usar o estilete ou a tesoura para cortar o palito no formato que você desenhou. Por último, pinte o palito com spray metálico ou tinta cinza. Você também pode fazer o acabamento e forrar o palito com papel-alumínio. Teste e veja o que você acha que se parece mais com um bisturi alienígena.

É importante que o bisturi falso tenha uma pequena ponta, nada mortal, mas que seja suficiente para cortar a massa de pastel — que é bem mole.

SILHUETA DE E.T.

Você vai fazer uma espécie de máscara para criar uma sombra no formato da cabeça de um E.T.

Materiais:

* PAPEL PARANÁ
* TESOURA

Produção:

Como você imagina a cabeça de um E.T.? Aqui você só precisa fazer algo no formato da cabeça de um alien para projetar uma sombra na janela. Procure na internet imagens de alienígenas para você se inspirar e fazer seu próprio desenho de um alien, que contenha uma cabeça e um pescoço. Reproduza o desenho no papel paraná e corte. Segure-o pelo pescoço e, com um jogo de luz, você criará a ilusão de que a cabeça do E.T. está observando você. Na parte de decupagem, você vai entender melhor a ideia.

SOMBRA NA JANELA

LUZ

PAPELÃO

JANELA

CÂMERA

DECUPAGEM DE PLANOS

Em seu plano de filmagem, para otimizar, filme primeiro todas as cenas de um mesmo ambiente, seja o quarto ou a nave alienígena, depois grave as cenas do outro lugar.

PLANO 1 – CLOSE / CÂMERA FIXA

 **AÇÃO**

– Atmosfera alienígena.

COMO FILMAR

Na parte de receitas você já deve ter visto como preparar esse efeito, certo?

Não é algo simples de fazer, então faça tudo com bastante calma para não perder o momento.

Deixe sua câmera fixa apontada para o líquido dentro do aquário ou pote de acrílico, enquanto as diferentes cores e camadas se misturam. É essa mistura o efeito que você quer filmar.

Caso você esteja dando muita sorte e tudo estiver dando muito certo no efeito, aproveite para gravar em diferentes ângulos e enquadramentos para ter mais opções na edição.

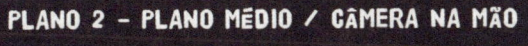

PLANO 2 – PLANO MÉDIO / CÂMERA NA MÃO

 **AÇÃO**

– Caio está de costas para a câmera, olhando pela janela.
– Ele se vira e dá o texto.
– Revela a bomba.
– Abre a boca e começa a comer a bomba enquanto deita e sai de quadro.

COMO FILMAR

Mantenha o quadro como sugere o *storyboard*. Obviamente o ator não poderá comer de verdade a bomba, a não ser que você tenha bolado uma forma legal de fazer uma bomba totalmente comestível. Caso contrário, ele irá apenas fingir. Quando o ator começar a comer a bomba pelo fiozinho, a câmera se move para o lado, tirando o menino de cena e enquadrando a janela. Corta!

PLANO 3 – CLOSE / CÂMERA NA MÃO

 **AÇÃO**

– Caio se deita e termina de comer a bomba.
– Ele levanta a blusa e vemos uma luzinha piscando debaixo da pele de sua barriga.

 **COMO FILMAR**

Esse plano envolve um efeito que parece simples, mas há bastante trabalho por trás.

Siga os passos que estão na receita para preparar o manequim, a barriga falsa com luz vermelha piscando e depois encaixar o ator no boneco através do colchão. Tudo tem que ficar posicionado no esquema da figura ao lado.

Quando estiver tudo pronto, sejam ágeis para filmar, porque o ator debaixo da cama estará numa posição um tanto desconfortável. E você não quer nenhum ator reclamando logo no começo da diária.

ATENÇÃO: enquanto o ator estiver debaixo da cama, nada nem ninguém pode subir no colchão, ou a estrutura pode desabar em cima dele com risco de machucá-lo. Camas quebram, pode acreditar.

OK, vamos filmar.

Faça um movimento de câmera, descendo da parede até revelar o rosto do ator já deitado.

Vale colocar nessa parede alguns desenhos de naves espaciais e aliens malvados para mostrar que o garoto é aficionado por esse assunto.

Quando a câmera chegar no menino, vemos Caio terminando de puxar o fiozinho da bomba para dentro da boca, como fazemos com macarrão, dando a entender que ele engoliu a bomba inteira.

Assim que ele terminar de comer tudo, ele faz uma reação como se sentisse a bomba chegando em seu estômago. A câmera corrige para a barriga dele (na verdade do boneco), o garoto levanta a blusa do pijama e abaixo vemos a luzinha vermelha piscar debaixo de sua pele (que é a massa de pastel). Corta!

PLANO 4A E 4B – DETALHE / CÂMERA FIXA

22:58

02:18

AÇÃO

– Relógio marca 22h58.
– Relógio marca 2h18.
– Surge a luz verde.
– Mesa de cabeceira começa a tremer.

COMO FILMAR

É um simples plano de detalhe no relógio na mesa de cabeceira ao lado da cama.

MAS ATENÇÃO: a câmera precisa ficar bem fixa para que você possa gravar primeiro o relógio marcando **22h58**, depois, na mesma posição, **2h18**.

Assim, na edição, com um corte simples fica fácil de mostrar a passagem de tempo.

Se a câmera se mexer um pouco, vai dar um pulo esquisito na hora da edição quando cortar de um horário para o outro. Por isso, precisa ficar travada exatamente no mesmo lugar nos dois horários.

E o relógio também não pode se mover! Então, antes de gravar, vale fixá-lo com fita dupla-face na mesa de cabeceira. Assim, fica mais seguro de você mexer nele para mudar a hora, sem correr o risco de o relógio se mover. Se não tiver fita, tudo bem, é só todo mundo ficar esperto.

Quando tiver certeza de que já gravou os dois horários e que deu tudo certo, mantenha a câmera fixa na mesma posição, deixe o relógio marcando 2h18 e grave outra ação: a mesa de cabeceira tremendo quando uma luz verde entra em cena.

Alguém fora de quadro ilumina a mesa de cabeceira com uma luminária com papel-celofane verde na frente da lâmpada. Em seguida, outra pessoa, também fora de quadro, chacoalha a mesa de cabeceira para tudo começar a vibrar.

PLANO 5 - PLANO AMERICANO / ZENITAL

 **AÇÃO**

– Caio dorme.
– Luz verde se movimenta.
– Mesa de cabeceira e cama tremem.

COMO FILMAR

Coloque a câmera alta, para que possamos ver o garoto dormindo na cama, e o relógio ao lado dele.

Mexa a luz verde como se ela estivesse passando pelo corpo dele até chegar em seu rosto, enquanto a cama e a mesa de cabeceira tremem.

Para fazer isso, basta esconder duas pessoas perto dos móveis do quarto, e pedir para balançarem tudo que der.

PLANO 6 - PLANO MÉDIO / CÂMERA FIXA

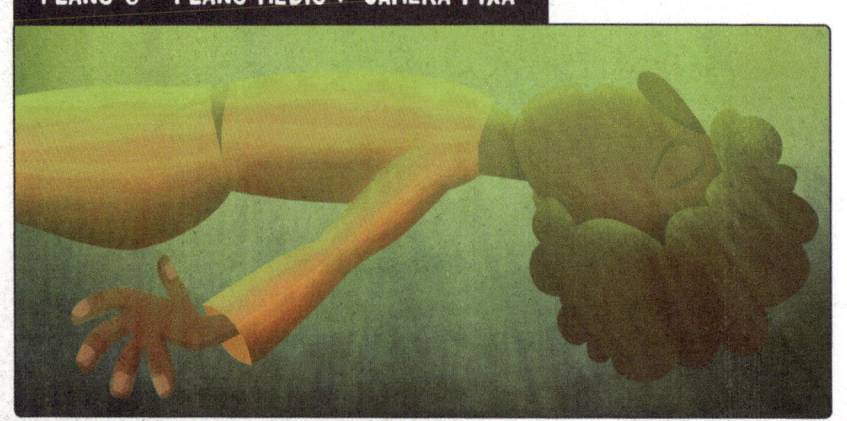

AÇÃO

– Caio começa a levitar.

COMO FILMAR

Aqui vamos criar o efeito utilizando perspectiva forçada.

Olhe para a figura e imagine que, na verdade, esse ator está de pé, e não deitado. Tudo está de pé. Até a cama ou o colchão. Quem está deitada é a câmera.

Esse tipo de truque é muito legal porque, com um jogo simples de posição de câmera e cenografia, é possível criar vários tipos de efeito, desde pessoas gigantes até coisas levitando.

No nosso caso, vamos criar a sensação de que Caio começou a flutuar na cama, como se estivesse sendo atraído pela luz verde.

VAMOS LÁ: para isso dar certo, temos que imaginar que a parede agora é o chão do quarto.

Com a ajuda de um adulto, coloque a cama e o colchão de pé. Se a cama for muito pesada, coloque só o colchão. Lembre-se de usar o mesmo lençol que estava na cama no plano anterior. Prenda bem o lençol para não cair quando o colchão ficar de pé.

Para ficar mais realista é legal colocar a mesa de cabeceira também como se estivesse com os pés apoiados na parede, e os objetos em cima dela terão que ser colados para não caírem.

Prender a mesa de cabeceira nessa posição pode ser difícil. Uma ideia é apoiá-la em algum banco que esteja fora de quadro.

Daí, o ator que faz o menino deve encostar na cama como se estivesse deitado.

Sua cabeça pressiona o travesseiro para ele não cair, e com as mãos ele segura a coberta que cobre seu corpo. A ideia é fingir que está dormindo como no plano anterior.

Por último, para o truque dar certo, coloque a câmera de lado, virada 180º. Desse modo, quem assistir à imagem da câmera vai ter a impressão de que tudo está normalmente no chão.

AÍ A BRINCADEIRA COMEÇA!

Assim que a câmera começar a gravar, mexa a luz verde como se fosse uma continuação do plano anterior.

Quando a luz chegar ao rosto do menino, ele acorda e solta a coberta.

Naturalmente, a coberta vai cair com tudo no chão, mas no vídeo vai parecer que ela se moveu magicamente na horizontal.

Em seguida, o ator deve andar lentamente para a frente, se afastando da cama.

Peça para o ator se movimentar de uma forma leve, para não percebermos que ele está caminhando.

Quando ele se afastar da cama, no vídeo, os espectadores vão ter a impressão de que ele está flutuando!

O travesseiro pode cair também, gerando o mesmo efeito da coberta.

Quando o ator sair totalmente de quadro, corta!

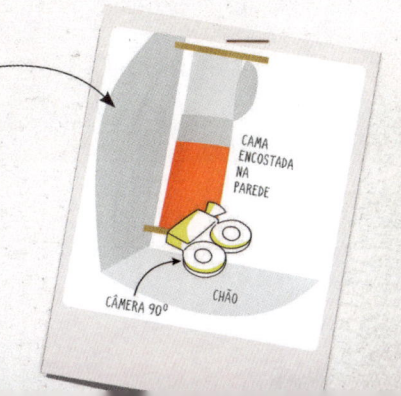

CAMA ENCOSTADA NA PAREDE

CÂMERA 90º

CHÃO

PLANO 7 - CLOSE

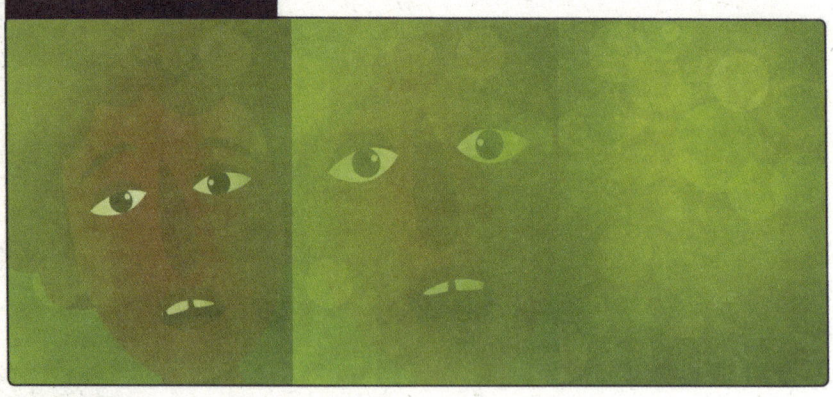

 **AÇÃO**

– Caio levita na cama.
– A luz verde fica cada vez mais forte.

COMO FILMAR

Repita a ação do plano anterior, mas mudando o enquadramento, para você aproveitar ao máximo no filme o efeito de perspectiva e ter mais opções na hora de editar o filme.

Agora vamos ver a cena bem de frente, como se a câmera estivesse por cima da cama.

Precisamos ter continuidade com a luz verde, então coloque-a vindo por trás da câmera.

Caio deve ir se aproximando até praticamente colar na lente, com a luz verde bem forte em seu rosto. Corta!

PLANO 8 - CLOSE / ZENITAL

 **AÇÃO**

– A luz verde diminui até sumir.
– Caio acorda.

COMO FILMAR

Antes de tudo você precisa preparar esse cenário de nave alienígena. Seguindo a máxima, "apertou o orçamento, aperta o plano", você não fará quadros muito abertos, para não ter que produzir tanto cenário, mas em todo plano você precisa cuidar dos detalhes que aparecem em cena para que tudo remeta a um ambiente extraterrestre, na sua interpretação do que seria um mundo alien, é claro.

Toda a sequência vai se passar ao redor da maca em que Caio está preso, então ela precisa de bastante capricho na decoração.

Coloque a câmera no alto, em cima do ator deitado na maca.

Comece o plano com a luz verde bem forte no rosto dele e vá tirando aos poucos.

Enquanto a luz sai, o ator acorda e percebe que foi abduzido.

PLANO 9 – PLANO MÉDIO / CÂMERA FIXA

AÇÃO

– Caio olha ao redor e vê que está em uma nave alienígena.
– Ele percebe que está preso.

COMO FILMAR

Abra um pouco o plano para mostrar que o garoto está com as mãos presas na maca.

Mostre também que ao redor há gosmas verdes sinistras que parecem vivas. Você pode até colocar outros objetos estranhos que sua imaginação disser que são coisas de outro planeta.

Por fim, um ator com uma capa verde ou "roupa alienígena" deve entrar em primeiro plano, para criar uma silhueta ameaçadora.

PLANO 10 – CLOSE / ZENITAL

AÇÃO

– Mão do alien entra em cena.
– Alien corta cabeça do garoto.

COMO FILMAR

Pode ser o mesmo enquadramento do plano 8. Inclusive, na sua ordem de filmagem, você já pode gravar o 8 e o 10 na sequência, para economizar tempo.

Mas, agora, a ação principal é a mão alienígena entrando com um bisturi cenográfico em cena, indo em direção à cabeça de Caio.

É importante que o espectador consiga ver com clareza que é a mão de um E.T. (aquela mão que você preparou conforme está na receita de efeitos).

SE LIGA: nunca utilize um objeto cortante de verdade no corpo de alguém em cena – nem na vida. Use apenas objetos cenográficos que não são afiados.

É hora de fazer o efeito de escalpelamento!

É uma cena forte, mas para quem gosta de um bom efeito de terror, fica bem legal na tela.

Após fazer toda a preparação do efeito na cabeça do ator, conforme explicado na parte de receitas, antes de dar o , tenha certeza de que tudo está pronto e que a câmera está gravando, porque não é um efeito fácil de repetir.

O alienígena abre a cabeça do garoto, coloca lá dentro o pequeno objeto luminoso, que pode ser uma placa de circuito integrado ou qualquer outro objeto que você achar interessante e pareça algo tecnológico... e corta!

PLANO 11 – CLOSE / CÂMERA NA MÃO

AÇÃO

– Alien termina a cirurgia no cérebro de Caio.
– Caio tenta se soltar.
– Alien abre a camisa do menino e vê a luzinha piscando.
– Alien abre um corte na barriga do garoto.
– Alien remove tripas até tirar a bomba.
– Alien tira a bomba de quadro.

COMO FILMAR

Esse é um dos planos mais importantes do filme: além de ser um dos efeitos mais legais, é o momento da história em que o E.T. cai na armadilha do garoto.

São várias etapas de preparação, como você deve ter visto na receita dos efeitos.

Novamente você vai precisar esconder o ator debaixo da maca, no mesmo esquema com o colchão que você fez na cena da luz piscando na barriga dentro do quarto.

Depois, encha a barriga com os órgãos, tripas e o mais importante: a bomba!

COM TUDO PREPARADO:

Pegue a câmera na mão, e comece o plano com um close em Caio desesperado, enquanto a mão do E.T. termina de fechar o corte na cabeça dele.

Em seguida, a câmera acompanha o bisturi na mão do E.T. até a barriga do pobre garoto.

Quando o alien levanta a camiseta de Caio, é possível ver a luzinha vermelha da bomba piscando debaixo da pele – que, na verdade, já é a barriga falsa preparada para o efeito.

O alien não está nem aí, corta a pele da barriga (a massa de pastel) e puxa as tripas para fora, até encontrar a bomba.

A câmera foca na bomba com a luzinha piscando por alguns segundos, depois a mão do alien tira a bomba de quadro.

O som do bipe da bomba e da explosão podem ser colocados depois, na edição.

PLANO 12 – CLOSE / ZENITAL

 **AÇÃO**

– Sangue verde voa no rosto de Caio.

COMO FILMAR

Novamente, para ganhar tempo, pode ser exatamente o mesmo enquadramento dos planos 8 e 10. Inclusive, os três podem ser gravados na sequência no dia da filmagem.

Esse é aquele plano fácil e divertido de fazer: basta jogar um monte de "sangue verde", melecando toda a cara do ator, como se o alien tivesse explodido com a bomba.

PLANO 13 - CLOSE / ZENITAL

 **AÇÃO**

– Caio acorda assustado em seu quarto.
– Passa a mão na cabeça para ver se há algum corte.

 **COMO FILMAR**

Monte um plano semelhante ao plano 12, mas agora com Caio deitando em outro cenário: a cama de seu quarto.

Como são planos semelhantes, quando cortar de uma cena para a outra, você vai gerar um "pulo" de realidade na edição, se diz em inglês um *match cut*, reforçando a impressão de que ele acordou depois de um pesadelo logo após estourar a bomba.

Na ação, Caio acorda no susto e logo passa a mão em sua cabeça para ver se há algum ferimento.

PLANO 14 - PLANO MÉDIO

 **AÇÃO**

– Caio levanta a camiseta para ver se está tudo bem com sua barriga.
– Ouve o bipe de bomba e se assusta.

 **COMO FILMAR**

Abra um pouco o plano para mostrar Caio levantando camiseta para checar se está tudo bem. Após respirar aliviado, ele reage como se ouvisse novamente o barulho da bomba em sua barriga. Corta!

PLANO 15 – CLOSE

BIP...
BIP...
BIP!

BUUM

 **AÇÃO**

– Caio escuta o bipe de bomba e se assusta.

COMO FILMAR

Esse plano é continuação do anterior. Faça um close do menino deitado na cama. Peça para ele olhar para baixo, como se estivesse vendo a barriga. Em seguida, ele olha para frente assustado quando escuta o bipe. Corta!

PLANO 16 – CLOSE / CONTRA-PLONGÉE

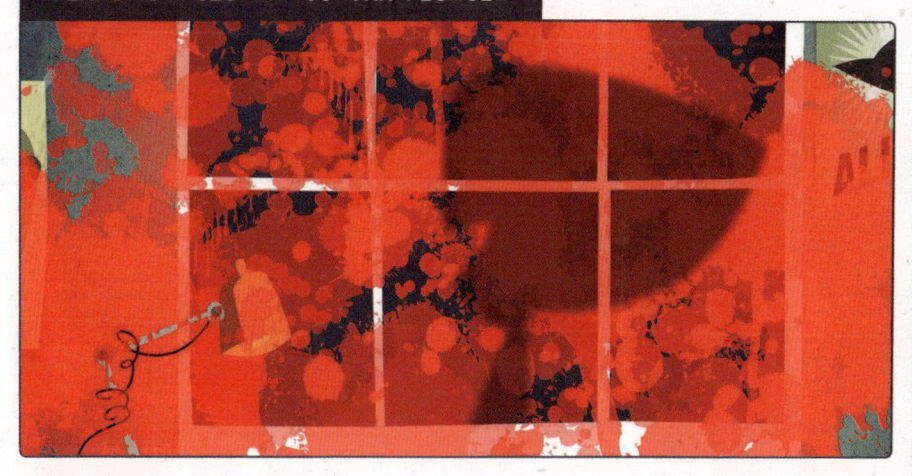

 **AÇÃO**

– Som de explosão.
– Voa sangue na janela
– Surge silhueta de E.T. peja janela.

COMO FILMAR

Nesse plano, precisamos mostrar a silhueta do E.T. do lado de fora da janela.

Para isso, monte a luz como mostra o esquema ao lado.

Além disso, pode ser necessário colocar algum tipo de papel-manteiga no vidro da janela para ajudar na definição dessa silhueta. Você vai ter que testar o que fica melhor no seu quadro.

Lembre-se de botar papel-celofane verde para criar uma luz alienígena sendo projetada na janela.

Posicione a câmera para gravar, e ação: jogue o balde de sangue com tripas na janela simulando que a barriga do garoto explodiu!

Esse é um plano que vai sujar tudo, por isso, é importante ensaiar bem para não ter que repetir.

Proteja ao máximo possível o chão, a parede, os móveis e as outras coisas, para reduzir a sujeira.

E LEMBRE-SE: limpar tudo no final também é fazer cinema.

Aí sim, missão cumprida. Corta!

FILME 2

A BRUXA FANTASMA

SINOPSE

Três amigos leem uma antiga notícia de jornal sobre uma jovem considerada bruxa que foi enterrada viva há mais de cem anos. Desde então, muitos exploradores tentaram encontrar onde ela estaria enterrada, para resgatar um suposto anel mágico que estava junto ao corpo dela. Isso dá uma ideia a um dos três amigos: invocar o espírito da garota e perguntar diretamente a ela onde estaria o tal anel.

LISTA DE EFEITOS

- JORNAL ENVELHECIDO
- JATO DE SANGUE
- PALAVRAS MÁGICAS QUE SURGEM NO MEIO DO SANGUE
- FOLHAS VOANDO
- MÃO DE CAVEIRA
- LETRAS MÁGICAS FORMADAS POR AREIA
- COPO VOADOR
- PESSOAS SURGINDO E DESAPARECENDO
- MAQUIAGEM DE FANTASMA
- MAQUIAGEM DE CAVEIRA

PERSONAGENS

KADU — 12 ANOS

GIULIE — 13 ANOS

VALENTINO — 10 ANOS

ARIADNE (BRUXA FANTASMA)
— 16 ANOS

CENA 1 INT. NOITE – SALA DA CASA

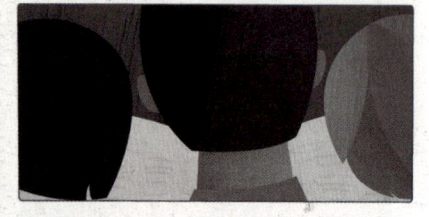

PLANOS 1 - 2 - 3 - 4

Kadu, Giulie e Valentino se espremem para ler a notícia de um antigo jornal.

VALENTINO
(impressionado)
Esse jornal é de verdade?

KADU
Sim! Meu pai coleciona jornais antigos com notícias misteriosas.

GIULIE
(Puxando o jornal para ela)
Deixa eu ler!
(lê o jornal)
"Ariadne foi considerada bruxa em sua cidade. Muitos anos depois, as pessoas começaram a procurar onde ela teria sido enterrada quando morreu, pois uma lenda dizia que seu esqueleto ainda estaria com um anel mágico.

Mas seu corpo sumiu e nunca mais ninguém encontrou onde ela estava.
Permanecendo até hoje um mistério!"

VALENTINO
Credo! Eu que não desenterraria uma morta para pegar um anel. Muito menos de uma bruxa!

GIULIE
As bruxas são pessoas legais! Na verdade, as meninas acusadas de bruxaria provavelmente não eram más e nem tinham poderes mágicos. Era perseguição contra as mulheres!

KADU
Eu sei como achar esse anel...
Vocês já fizeram a brincadeira do copo?

VALENTINO
Sai fora!

KADU
Para de ser medroso!
A gente invoca o espírito da bruxa...

GIULIE
Ela tinha nome... era Ariadne!

KADU
Tá, tá. A gente chama a Ariadne e pergunta para ela onde tá o anel.

VALENTINO
Chamar um fantasma aqui?
Tá louco?!

GIULIE
Talvez ela esteja precisando de amigos...

VALENTINO
Eu não quero ser amigo de fantasma de bruxa!

PLANO 5

Kadu não dá ouvidos, e coloca um copo de cabeça para baixo na mesa.

KADU
(em tom de invocação)
Ariadne! Se você está aqui, fale com a gente!

Silêncio. Nada acontece.

KADU
(em tom de invocação)
Ariadne! Somos ami...

A luz pisca. Todos se calam e ficam com os olhos arregalados.

PLANO 6

Em seguida, em cima da mesa surge de repente uma grande letra "A", formada por areia.

PLANO 7

Assustados, os três se afastam da mesa.

VALENTINO
(assustado, gagueja)
É A de A-Ariadne!

PLANOS 8 - 9 - 10

Quase como uma resposta, o copo em cima da mesa sai voando e se espatifa na parede.

Os três recuam receosos.

GIULIE
(brava)
O que você foi fazer, Kadu? Por que não deixou a moça em paz?

PLANO 11

As luzes piscam novamente e o mais fantástico acontece:

surge o vulto de Ariadne no ar.

PLANO 12

Ariadne tem uma expressão bastante fantasmagórica, com os olhos fundos, o rosto muito pálido e um vestido branco esvoaçante. É uma visão aterrorizante!

VALENTINO *(off)*
(assustado, gagueja)
A-Ariadne é você? N-nós somos amigos... Só queremos saber onde está o anel...

CENA 1 INT. NOITE – SALA DA CASA

PLANO 13

Ariadne inter-
rompe Valentino
ao atirar um jato
de sangue com a
mão.

PLANO 14

O sangue se espalha
na parede e, magica-
mente, surgem duas
palavras escritas
no meio do sangue:
MAGIKE TECHNE.

PLANO 15

Ariadne solta uma risada fantasmagórica
e some no ar.

CENA 2 EXT. NOITE – TERRENO DESCAMPADO

PLANO 18

Perto deles, folhas voam do chão,
revelando por baixo um objeto brilhante enfiado na terra.

PLANO 19

Eles verificam mais de perto o tal objeto
e descobrem que...

É o anel mágico!

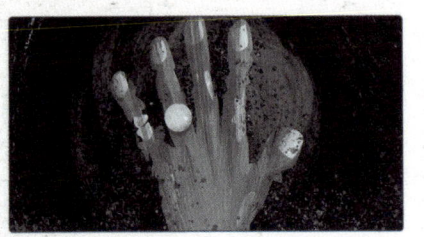 

PLANOS 22

KADU
Que droga, este anel idiota
não tá mais funcionando...

Kadu sente algo estranho nos braços,
em seguida, a mão se torna apenas um
esqueleto!

PLANO 23

O rosto de Kadu também ganha uma
feição fantasmagórica! O garoto se
desespera.

PLANO 16

Os três leem assustados as palavras:
Magike Techne!

A leitura das palavras dispara um efeito mágico:

Giulie, Valentino e Kadu sentem um vento muito forte no rosto e também desaparecem no ar.

PLANO 17

Os três amigos surgem magicamente no meio de um lugar descampado.

Eles olham assustados ao redor tentando entender onde estão.

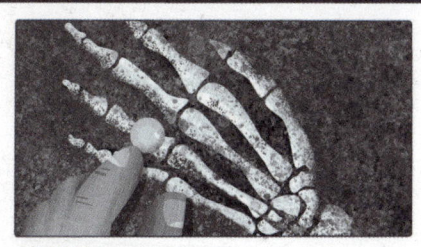

PLANO 20

Kadu corre e puxa o anel, mas...

Junto com o anel surge uma MÃO DE CAVEIRA que estava ali enterrada!

Kadu solta a mão de caveira, assustado.

PLANO 21

Os três pulam de susto.

Kadu se recompõe e volta a puxar o anel.

VALENTINO (assustado)
Deixa isso aí! Vamos embora!

KADU
Claro que não! Ele tem poderes mágicos! A bruxa nos trouxe aqui para nos dar o anel de presente!

Kadu toma coragem, arranca o anel dos dedos da caveira e coloca o anel em sua própria mão. Ele balança a mão tentando gerar algum tipo de magia, mas nada acontece.

PLANO 24

Giulie e Valentino fogem de medo, deixando o amigo para trás.

Os gritos de Kadu se misturam à risada maléfica do fantasma de Ariadne, que surge ao longe com o anel de volta em sua mão.

FIM!

ROTEIRO – FILME 2

RECEITAS

JORNAL ENVELHECIDO

Opção 1 - Com chá

Materiais:

* **1** XÍCARA (CHÁ) DE ÁGUA
* **1** SACHÊ DE CHÁ
* **1** FOLHA DE JORNAL

Produção:

Coloque o sachê de chá no copo de água (temperatura ambiente). Amasse um pouco o jornal para obter textura e depois estique. Com o próprio sachê de chá, vá espalhando o líquido na folha e deixe secar. Observação: a água gelada ajuda o papel a secar mais rápido.

Opção 2 - Com café

Materiais:

* **1** XÍCARA (CHÁ) DE ÁGUA
* **1** COLHER (CHÁ) DE CAFÉ INSTANTÂNEO
* FOLHAS DE PAPEL

Produção:

Coloque a colher de café instantâneo em uma xícara de água e misture. Amasse o papel e estique. Com a ajuda de um pincel, espalhe o café na folha e deixe secar. É importante lembrar que o efeito de envelhecido deve ser aplicado a um papel que se assemelhe a um jornal, isto é, seria interessante que você recortasse ou imprimisse reportagens, fazendo uma colagem com notícias relacionadas ao assunto do nosso filme. Se não conseguir, poderia inventá-las e criar seu próprio jornal no computador e imprimir.

JATO DE SANGUE

Para fazer o sangue, pode seguir a receita que já passamos no filme *Abdução explosiva*. Para fazer o jato, siga esta técnica da mangueira e seringa:

Materiais:

* MANGUEIRA DE SILICONE
* SERINGA
* ESPARADRAPO
* SANGUE FALSO

Produção:

Prenda a mangueira no braço da atriz com esparadrapo, por dentro da manga do casaco. Uma das pontas da mangueira ficará presa bem no pulso dela, de onde sairá o jato de sangue. A outra ponta sairá escondida pelo casaco, nas costas da atriz. Lá atrás, a outra ponta da mangueira será conectada a uma seringa cheia de sangue falso. Alguém ficará atrás da atriz, agachado, e apertará com tudo a seringa na hora da cena, fazendo o sangue espirrar por toda parte.

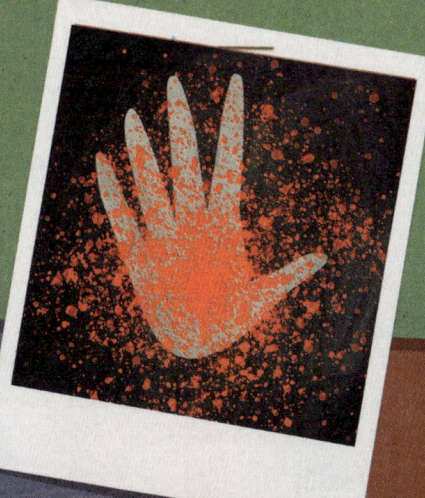

PALAVRAS MÁGICAS QUE SURGEM NO MEIO DO SANGUE

Materiais:

* SANGUE FALSO
* PAPEL CRAFT BRANCO
* FITA-CREPE
* VELA

Produção:

Para fazer essa cena, você vai precisar de uma parede que você possa molhar e sujar um pouco. Esse é o mundo ideal. Você pode até forrar a parede com papel craft branco. Como a cena será meio escura, e o plano não será tão aberto, dá até para disfarçar bem, e ninguém vai notar que um pedaço da parede está forrado com papel. Estique e prenda bem o papel craft na parede com fita-crepe. Pegue uma vela e escreva com uma das pontas as palavras na parede (ou no papel usado como forro). Ao espirrar o sangue falso no papel, a parte com cera não irá absorver o líquido, com isso vai parecer que se formou uma palavra mágica no meio do sangue na parede.

FOLHAS VOANDO

Materiais:

* 1 SACO DE FOLHAS SECAS
* VENTILADOR

Produção:

Faça alguns testes antes quanto à distância que será necessária para que as folhas voem e a quantidade que você deve colocar em cada espaço. Depois disso, é só ligar o ventilador e produzir a ação.

MÃO DE CAVEIRA

Apresentamos aqui uma receita para a mão de caveira, caso você queira confeccioná-la. Também há a possibilidade de comprá-la pronta, já que existem muitas legais que são vendidas por aí. Você é o diretor e produtor, então escolha a melhor opção para seu filme, conforme o seu orçamento.

Materiais:

* MASSA PARA BISCUIT BRANCA
* FITA-CREPE
* JORNAL
* TINTA PRETA
* LÁPIS DE COR PRETO
* SOMBRA OU PÓ COMPACTO BRANCO
* PINCEL
* GOIABADA

Produção:

Para criar a mão de esqueleto, faça primeiro um molde com o jornal e a fita-crepe: comece fazendo o antebraço e a palma da mão, vá amassando o papel e envolvendo com a fita. Em seguida, comece a cobrir a mão de jornal com a massa para biscuit branca, vá moldando com o formato de mão e dedos. Deixe secar. Enquanto o biscuit seca, pegue pó compacto branco ou sombra branca e passe na mão como base. Depois, com um lápis de cor preto, vá desenhando na mão o contorno de um esqueleto e reforce com tinta preta.

Para dar um toque ainda mais de terror, coloque alguns pedacinhos de goiabada entre os dedos de caveira, para parecer que são pedaços de carne que sobraram presos aos ossos. Goiabada é um ótimo truque para imitar carne em cena.

LETRAS MÁGICAS FORMADAS POR AREIA / COPO VOANDO / PESSOAS SURGINDO E DESAPARECENDO

Esses efeitos utilizam muitos truques de câmera e de perspectiva forçada. Sendo assim, o modo de realizá-los está explicado diretamente na "Decupagem de planos". Veja abaixo os materiais necessários para cada um deles.

Materiais — Letras de areia:

* AREIA
* RÉGUA DE LETRAS MÉDIA (CASO QUEIRA)
* VENTILADOR PEQUENO

Materiais — Copo voando:

* COPO DE PLÁSTICO, VIDRO OU METAL

Materiais — Pessoas surgindo e desaparecendo:

* NENHUM MATERIAL!

MAQUIAGEM DE FANTASMA

Materiais:

* TINTA ARTÍSTICA PRATEADA
* CORRETIVO UM OU DOIS TONS MAIS CLAROS QUE A PELE
* TALCO
* SOMBRA CINZA-ESCURO OU PRETA
* ESPONJA DE MAQUIAGEM
* PINCÉIS DE MAQUIAGEM
* DELINEADOR PRATA
* LÁPIS DOURADO
* SOMBRA DOURADA
* BASE UM OU DOIS TONS MAIS CLAROS QUE A PELE
* APLICADOR DE RÍMEL

Produção:

Primeiro, coloque o corretivo nas zonas mais escuras da pele, como nas pálpebras e embaixo dos olhos e da boca. Espalhe o corretivo com a ajuda de uma esponja de maquiagem. Depois, passe talco com a ajuda de um pincel redondo grande. Agora o rosto está realmente pálido! Então, com um pincel médio redondo, passe a sombra escura nas pálpebras, criando um efeito degradê, no qual os cantos dos olhos fiquem mais escuros. Passe uma linha fina de sombra escura bem concentrada embaixo dos olhos. Use a tinta artística prateada com seu aplicador tipo rímel para pintar as sobrancelhas, os cílios e também alguns fios de cabelo. Faça um pequeno contorno em cima dos olhos com o delineador prateado e, bem no centro da pálpebra, concentre a sombra dourada.

Com o pincel médio e a sombra escura, marque umas linhas sutis no rosto com o lápis dourado imitando uma caveira: contorno dos maxilares, algumas linhas finas partindo do lábio — como se fossem os dentes de uma caveira. Depois, no lugar de um batom, use base. Peça ao ator que faça um bico com a boca e coloque a base repetidas vezes nos lábios com a ajuda da esponja e, então, peça que desfaça o bico, formando um efeito craquelado.

MAQUIAGEM DE CAVEIRA

Materiais:

* CORRETIVO UM OU DOIS TONS MAIS CLAROS QUE A PELE
* TALCO
* SOMBRA CINZA-ESCURO OU PRETA
* PINCÉIS DE MAQUIAGEM
* BASE UM OU DOIS TONS MAIS CLAROS QUE A PELE
* ESPONJA DE MAQUIAGEM

Produção:

Repita o procedimento do corretivo e do talco usado na maquiagem anterior. Depois faça uma olheira profunda com a sombra. Com o pincel médio e a sombra escura, marque algumas linhas fortes no rosto, imitando uma caveira: contorno dos ossos do queixo, algumas linhas finas por cima do lábio — como se fossem os dentes grandes de uma caveira.

DECUPAGEM DE PLANOS

PLANO 1 – CONJUNTO / CÂMERA NA MÃO (MASTER SHOT)

 **AÇÃO**

– Valentino, Giulie e Kadu leem o jornal.

COMO FILMAR

Essa cena tem um longo diálogo entre os três personagens em cena.

Como é bastante texto para decorar, e provavelmente você ainda não terá atores profissionais (e, mesmo se tivesse, não seria fácil), você vai filmar de uma maneira que ajude os atores.

A ideia é fazer esse plano *master*, com todos em cena. Depois, vamos gravar *inserts* com closes de cada um. Assim, mesmo que algum ator erre o texto, você não precisa voltar do começo, pode continuar apenas da fala que ele errou, já que na hora da edição você pode ir cobrindo esses pulos com os *inserts* dos closes que irá gravar a seguir.

ENTÃO VAMOS LÁ:

Faça um plano com todos em quadro lendo o jornal.

Sugerimos a câmera na mão, então não precisa deixá-la fixa com um tripé. Pode ter um leve balanço, ou como alguns dizem, deixe a câmera "viva". Esse pequeno balanço pode fazer com que o espectador se sinta mais próximo da cena, e gerar um pouquinho mais de suspense.

Câmeras fixas ou na mão ajudam a construir o ponto de vista da história, e também o estilo do filme. Quanto mais você filmar, mais vai perceber o que funciona melhor para história que você está contando.

VOLTANDO À NOSSA AÇÃO...

Repita algumas vezes esse plano. Quanto mais opções dos atores fazendo esse diálogo, melhor.

IMPORTANTE: peça para os atores ensaiarem bastante o texto antes de gravar. Assim vocês economizam tempo e cartão de memória.

PLANO 2 – CLOSE GIULIE / CÂMERA NA MÃO (INSERT)

AÇÃO

– Valentino, Giulie e Kadu leem o jornal.

COMO FILMAR

Repita a cena com a câmera fechada no rosto de Giulie.

Lembrando, se ela errar o texto, não precisa voltar tudo do começo, a atriz pode continuar de onde errou.

ATENÇÃO:

• Se você optou por um leve balanço no plano *master*, os *inserts* precisam ter esse mesmo movimento para não causar um estranhamento na edição.

• Mesmo que os outros atores não estejam aparecendo em quadro, deixe-os na mesma posição para darem suas falas, o que vai ajudar na interpretação de Giulie, e também vai ajudá-la a ter uma referência para onde olhar.

PLANO 3 - CLOSE VALENTINO / CÂMERA NA MÃO (INSERT)

 **AÇÃO**

– Valentino, Giulie e Kadu leem o jornal.

 **COMO FILMAR**

Mesmo esquema do plano 2. Mas agora o close será no personagem Valentino.

E por que optamos em fazer o close do Valentino, mas não do Kadu?

É apenas uma opção narrativa, e para ganhar tempo na filmagem.

Como Valentino é o personagem com mais receio, queremos aproximar o espectador da tensão dele.

Mas se você estiver com tempo sobrando na sua diária de gravação (algo raro em um set de filmagem), pode gravar o *insert* do close do Kadu também.

Ter essa opção na edição não será nenhum problema.

PLANO 4 - OVER THE SHOULDER / INSERT JORNAL

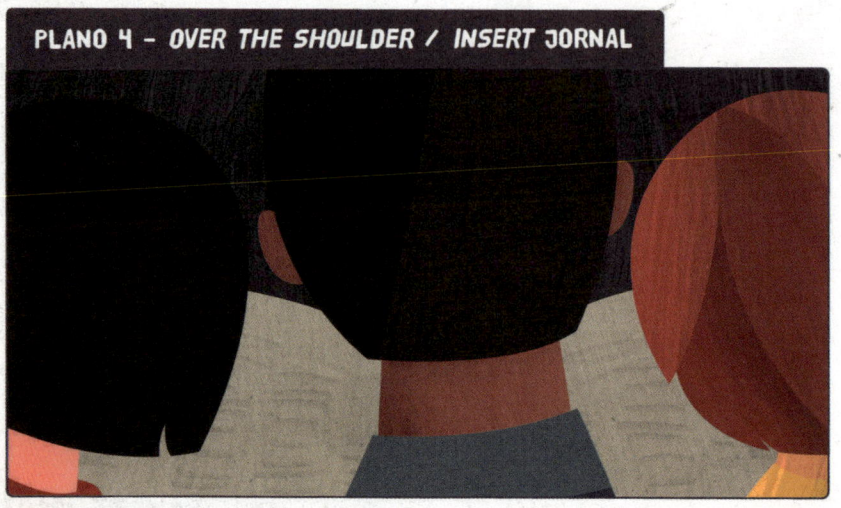

 **AÇÃO**

– Valentino, Giulie e Kadu leem o jornal.

COMO FILMAR

Over the shoulder, ou OTS, é literalmente um plano por cima do ombro do personagem, como diz a tradução do inglês.

Numa filmagem profissional, mesmo com toda a equipe falando português, muitos termos são mais comuns em inglês, como *over the shoulder* ou *insert*. Outros vieram do francês, como *plongée*. Isso por causa da influência dos cinemas francês e americano, onde muitas técnicas nasceram e foram difundidas.

VOLTANDO AO FILME...

Vamos continuar com a câmera na mão, naquele balancinho sinistro. Imagine como se a câmera fosse um espírito invisível flutuando atrás dos garotos para ver o jornal.

Importante o foco estar no jornal, e não termos muita referência se os atores estão falando ou não. Assim, na edição, você consegue inserir esse plano a qualquer momento do diálogo.

PLANO 5 – PLANO GERAL / *PLONGÉE* / CÂMERA NA MÃO

 **AÇÃO**

– Kadu coloca o copo em cima da mesa.
– Luzes piscam.
– Kadu começa a invocar Ariadne.

COMO FILMAR

Aqui, você vai afastar a câmera e colocá-la bem no alto.

O cinegrafista pode subir em uma escada, mesa ou cadeira – mas vocês precisam ter certeza de que o móvel aguenta o peso!

O leve balanço na câmera pode ficar mais presente, como se fosse realmente o olhar de um fantasma flutuando pela sala.

Importante ser possível perceber a luz da sala acendendo e apagando sozinha. Então, obviamente, não podemos ver a pessoa que está fora de cena mexendo no interruptor.

PLANO 6 – DETALHE / CÂMERA NA MÃO

🔊 AÇÃO

– Letra A de areia se forma magicamente em cima da mesa.

🎥 COMO FILMAR

As atividades fantasmagóricas vão começar! E para isso, um truque simples que fica tenebroso na tela: a letra A se formando magicamente em cima da mesa com grãos de areia.

Como fazer isso? Fácil: perto do copo, em cima da toalha, monte com areia uma letra A. Bote a câmera para gravar, e usando um secador de cabelo, ventilador ou mesmo o sopro de alguém, sopre com tudo a areia. Pronto, só isso.

É fundamental que não sobre nenhum grãozinho de areia em quadro.

O truque de verdade vai acontecer na pós-produção. Na edição, você vai colocar esse plano em movimento reverso. Isso mesmo, de trás para a frente. Assim, teremos a impressão de que os grãos de areia vieram voando, entraram em quadro e formaram a letra A sozinhos.

Usar movimento reverso é um tipo de truque que pode fazer vários efeitos legais.

ATENÇÃO: não se esqueça de manter o balancinho da câmera na mão, para manter a linguagem de câmera do seu filme. Esse aviso serve para todos os planos dessa sequência, beleza?

PLANO 7 – CONJUNTO / CÂMERA NA MÃO

AÇÃO

– Os três se afastam assustados da mesa.
– Valentino dá sua fala.

COMO FILMAR

Esse plano é simples de gravar, não perca muito tempo com ele.

Ele serve para mostrar a reação de susto dos personagens e aumentar a tensão.

PLANO 8 – CLOSE / CÂMERA NA MÃO – PERSPECTIVA FORÇADA

AÇÃO

– O copo sai voando sozinho de cima da mesa.

COMO FILMAR

Como fazer um copo sair voando? Usando a perspectiva forçada!

Veja o desenho com esquema ao lado:

• Cole com fita-crepe a toalha na mesa.
• Use cola branca para colar na toalha os grãos de areia com a letra A.
• Quando secar, vire a mesa 90° e apoie-a na parede.
• O ator que faz o Kadu deve ficar ao lado da câmera, e colocar apenas a mão em quadro, segurando o copo. Importante o ator achar a posição correta do braço para a mão dele ficar natural em cena.
• Faça um quadro parecido ao da figura ao lado.
• Bote a câmera para rodar.
• Quando der "ação", o ator solta o copo com tudo. Como a mesa está virada, o copo vai seguir a gravidade e cair. Mas quem estiver assistindo à cena terá a impressão de que o copo virou e saiu voando sozinho sobre a mesa.
• Fora de quadro, deixe no chão uma caixa com uma almofada dentro, para o copo cair em cima dela.

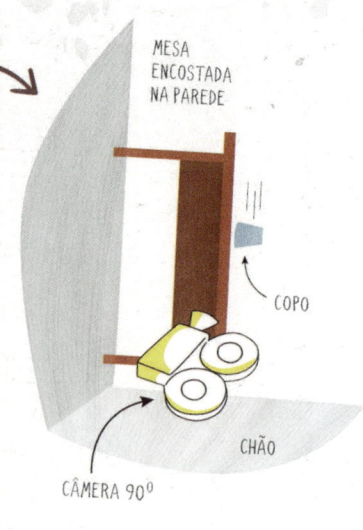

MESA ENCOSTADA NA PAREDE

COPO

CHÃO

CÂMERA 90°

Como esse plano acaba bagunçando muito os objetos em cena, você pode deixar para gravá-lo por último, depois que já tiver feito tudo com a mesa na posição normal.

PLANO 9 — CLOSE / CÂMERA NA MÃO

 **AÇÃO**

– Copo voa e se espatifa na parede.

 **COMO FILMAR**

Aqui, com apoio da edição, vamos aumentar a ilusão de que o copo realmente voou e se espatifou na parede.

Esse plano é a continuação da ação anterior, na qual vimos o copo se levantar da mesa sozinho. Agora, você só precisa mostrar o copo voando até se espatifar na parede.

Você pode simplesmente deixar a câmera parada apontada para onde o copo vai bater na parede. Ou você pode tentar acompanhar com a câmera o movimento do copo no ar até ele se chocar. Vale experimentar as duas opções e ver o que fica mais legal na edição.

Jogar um copo contra a parede parece divertido, mas pode ser bem perigoso e faz muita sujeira. Se voar caco de vidro no olho de alguém da equipe, acabou a brincadeira.

Por isso, a ideia é usar um copo de metal ou de plástico. Só de ter o efeito dele voando e batendo na parede já vai ser bem legal, não precisa de cacos se espalhando para todo lado.

Mas se você quiser muito quebrar um copo de vidro em cena, siga estas recomendações:

- A equipe pode se proteger com óculos e ficar bem afastada.
- O elenco não precisa estar em cena nesse plano.
- Um adulto deve supervisionar toda a situação.

PLANO 10 – CONJUNTO / CÂMERA NA MÃO

 **AÇÃO**

– Os três reagem assustados ao copo batendo na parede.
– Giulie dá sua fala.

 **COMO FILMAR**

Simples, só enquadrar os três. Mas para aumentar a emoção, e ajudar na edição, você pode começar com a câmera apontada para o lado, quando o diretor falar "ação", o câmera corrige com tudo num movimento de 90° e enquadra os personagens, como mostra a figura ao lado. Alguns chamam esse tipo de movimento rápido de "chicote". Faça um "chicote para a esquerda", "um chicote para a direita"... Na hora da edição, você começa o plano no meio do movimento, quando a câmera está quase mostrando os atores.

PLANO 11 – GERAL / CÂMERA FIXA / *CONTRA-PLONGÉE*

 **AÇÃO**

– Luzes piscam.
– Surge Ariadne.

COMO FILMAR

Para fazer o efeito da bruxa aparecendo, você deve gravar a cena em duas partes.

Primeiro, posicione a câmera apontada para o lugar onde a bruxa vai aparecer. Deixe a câmera bem fixa. Para o efeito dar certo, a câmera não pode se mexer nem um pouquinho.

Grave alguns segundos do cenário vazio, sem a bruxa. Com a luz piscando. Quando ficar tudo escuro, corta!

Em seguida, coloque a atriz em cena, já no local onde ela vai aparecer. Apague a luz, coloque a câmera para rodar e... Ação! Acenda a luz, e a atriz já está lá no quadro.

Quando você juntar as duas cenas, vai dar a impressão de que quando a luz piscou por um segundo, a bruxa surgiu no meio da escuridão.

Use um ventilador para balançar um pouco o vestido e o cabelo de Ariadne e dar aquele clima fantasmagórico em cena.

PLANO 12 – CLOSE / CÂMERA NA MÃO

 **AÇÃO**

– Ariadne encara os garotos.

COMO FILMAR

É hora de aproveitar a bela caracterização de fantasma para fazer alguns *inserts* que valorizem a presença de Ariadne. Pegue a câmera e grave closes do rosto dela, detalhes no vestido balançando no ar, o cabelo esvoaçante, etc. Esse material vai valer ouro na hora da edição.

"Off câmera", ou apenas "em off", como se costuma dizer, ou seja, fora de quadro, Valentino fala com Ariadne.

PLANO 13 – DETALHE / CÂMERA NA MÃO

 **AÇÃO**

– Ariadne joga um jato de sangue.

 **COMO FILMAR**

Prepare o efeito como foi explicado na receita. Posicione a câmera bem de frente e... Ação: aperte a seringa com tudo.

Cuidado para não atingir a câmera com sangue. Se você tiver um vidro ou acrílico transparente para colocar na frente e proteger a câmera, melhor.

ATENÇÃO: esconda bem a mangueira de sangue, para ela não aparecer e estragar o plano.

PLANO 14 – CLOSE / CÂMERA NA MÃO

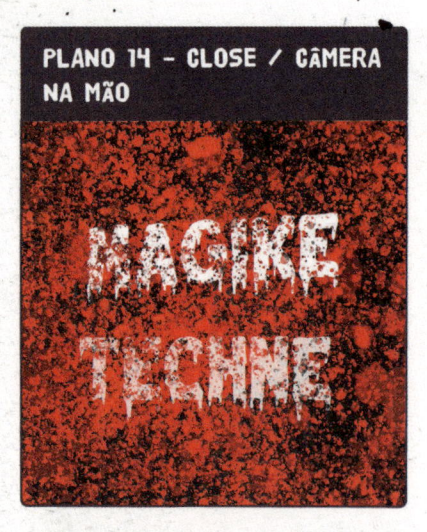

 **AÇÃO**

– Jato de sangue atinge a parede.
– Surge a palavra mágica.

 **COMO FILMAR**

Aponte a câmera para a parede previamente preparada, conforme as instruções da receita.

Jogue o jato por trás da câmera em direção à parede.

Espere até o sangue escorrer e revelar a palavra escrita.

PLANO 15 – CLOSE / CÂMERA FIXA

 **AÇÃO**

– Ariadne ri e some no ar.

COMO FILMAR

Novamente, você irá resolver o efeito usando corte na edição, por isso a câmera precisa ficar superfixa.

Momento 1: grave Ariadne rindo e reagindo como se sumisse no ar.

Momento 2: tire a atriz de cena e grave a sala vazia.

Para deixar a situação mais sinistra, vale piscar um pouco as luzes.

PLANO 16 – CLOSE / CÂMERA FIXA

 **AÇÃO**

– Os três amigos leem as palavras mágicas.
– O vento sopra nos três.
– Eles desaparecem.

COMO FILMAR

Agora os três personagens também vão desaparecer no ar! Então seguimos a mesma lógica: câmera fixa.

Primeiro monte um plano em que Giulie, Valentino e Kadu se juntam perto do quadro para ler a palavra que surgiu, como sugerido no roteiro.

Assim que eles lerem em voz alta, jogue o vento do ventilador para mexer o cabelo deles e, ao mesmo tempo, pisque algumas luzes coloridas para termos a impressão de que foi disparada uma magia. Corta!

Mantenha a câmera exatamente no mesmo lugar. Tire os atores de cena e grave o quadro vazio, só com as luzes piscando, até pararem e ficarem apagadas. Pronto, agora é só fazer a fusão de um plano para o outro na edição e vai parecer que todo mundo sumiu, como em um passe de mágica.

PLANO 17 – GERAL / CÂMERA FIXA

AÇÃO

– Os três surgem em lugar descampado.

 **COMO FILMAR**

Neste momento do filme, os personagens são teletransportados para outro ambiente. Então vamos montar um belo plano geral que já mostre logo de cara que eles caíram em outro lugar.

Novamente é aquele efeito de alguém sumindo ou aparecendo em cena. E você já sabe como funciona:

Trave a câmera num quadro. Grave o cenário vazio. Depois, grave os personagens em cena, como se tivessem acabado de chegar ali.

Para dar um efeito divertido, peça para pularem e caírem no chão logo que você falar "ação". Daí, na edição, você seleciona um *frame* deles no ar antes de caírem. Assim, no filme, teremos a impressão de que eles surgiram no ar.

PLANO 18 – *ZENITAL* / CÂMERA NA MÃO

 **AÇÃO**

– Folhas secas voam.
– Eles veem o anel enterrado no chão.

 **COMO FILMAR**

Esconda a mão de caveira com o anel debaixo de algumas folhas.
Posicione a câmera como se fosse o ponto de vista de um dos personagens.

No momento do "ação", use o ventilador, um leque ou um abanador para soprar as folhas secas e revelar o anel debaixo delas.

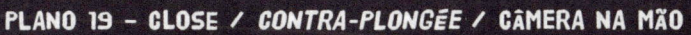

PLANO 19 - CLOSE / *CONTRA-PLONGÉE* / CÂMERA NA MÃO

 **AÇÃO**

– Valentino, Kadu e Giulie se aproximam do anel.

COMO FILMAR

Coloque a câmera baixa e monte o contraplano, para mostrar os garotos olhando em direção ao anel.

PLANO 20 - DETALHE / CÂMERA NA MÃO

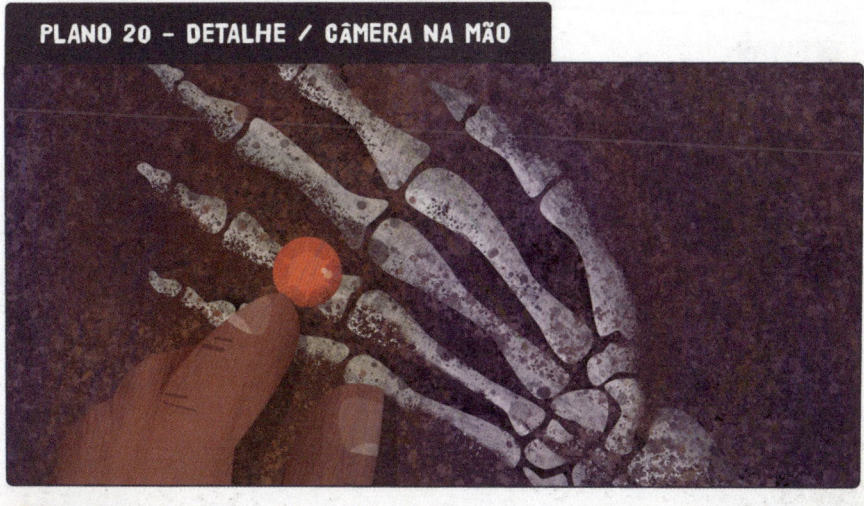

AÇÃO

– Valentino, Kadu e Giulie se aproximam do anel.
– Kadu puxa o anel e descobre a mão de caveira.
– Kadu solta a mão de caveira, assustado.

 **COMO FILMAR**

Coloque a câmera atrás da mão de Kadu e abaixe com ele até o anel. Kadu puxa o objeto e traz junto a mão de caveira.

Importante que esse movimento seja bem coreografado com o movimento de câmera.

PLANO 21 – CONJUNTO / *CONTRA-PLONGÉE* / CÂMERA NA MÃO

 **AÇÃO**

– Os três pulam de susto.
– Kadu toma coragem e se abaixa novamente em direção ao anel. A câmera acompanha de perto esses movimentos.
– Valentino e Kadu dão suas falas.
– Kadu finalmente pega o anel, tira da mão de caveira e bota no próprio dedo.

 **COMO FILMAR**

Essa é uma sequência importante, com várias falas e marcações na movimentação dos atores e da câmera.

Comece o plano com a câmera baixa, mostrando de frente o susto dos três. Em seguida, conforme se desenvolve a ação, a câmera pode subir um pouco para acompanhar melhor o movimento dos atores.

PLANO 22 - SUBJETIVA / CÂMERA NA MÃO

 **AÇÃO**

- Kadu se levanta e reclama que o anel não está funcionando.
- Kadu sente algo estranho nos braços, os amigos olham assustados.
- Kadu levanta a mão, que entra em quadro.
- Close na mão cheia de sangue com pedaços de "carne" caindo no chão.

COMO FILMAR

Quando usamos o termo "subjetiva", quer dizer que a câmera está simulando o olhar de um personagem. Neste caso, a câmera simula o ponto de vista do Kadu olhando para a própria mão.

Coloque a mão de caveira no lugar da mão real do ator.

Encha a mão de caveira de sangue e outros pedaços de carne feitos de goiabada, para que caiam em cena quando ele mover o braço, como se a pele do garoto estivesse literalmente desmanchando.

PLANO 23 - CLOSE / CÂMERA NA MÃO

 **AÇÃO**

– Kadu sente algo estranho no rosto.
– Ele toca no rosto, assustado.
– Kadu grita, desesperado.

COMO FILMAR

Agora vamos revelar que o rosto dele também está virando caveira.

Então, a primeira coisa é maquiar o rosto do ator que interpreta o Kadu.

Depois, monte o contraplano dele olhando aterrorizado para a própria mão.

É só colocar a câmera um pouco mais baixa, na altura da mão de caveira do garoto, e apontá-la para o rosto dele.

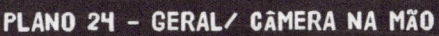

PLANO 24 – GERAL/ CÂMERA NA MÃO

 **AÇÃO**

– Kadu grita.
– Valentino e Giulie fogem ao fundo.
– Ariadne surge em primeiro plano.

COMO FILMAR

É o plano final do filme. Vamos deixar Kadu gritando desesperado, enquanto Valentino e Giulie fogem ao fundo. Para encerrar, Ariadne surge em primeiro plano com o anel na mão. Corta!

FILME 3

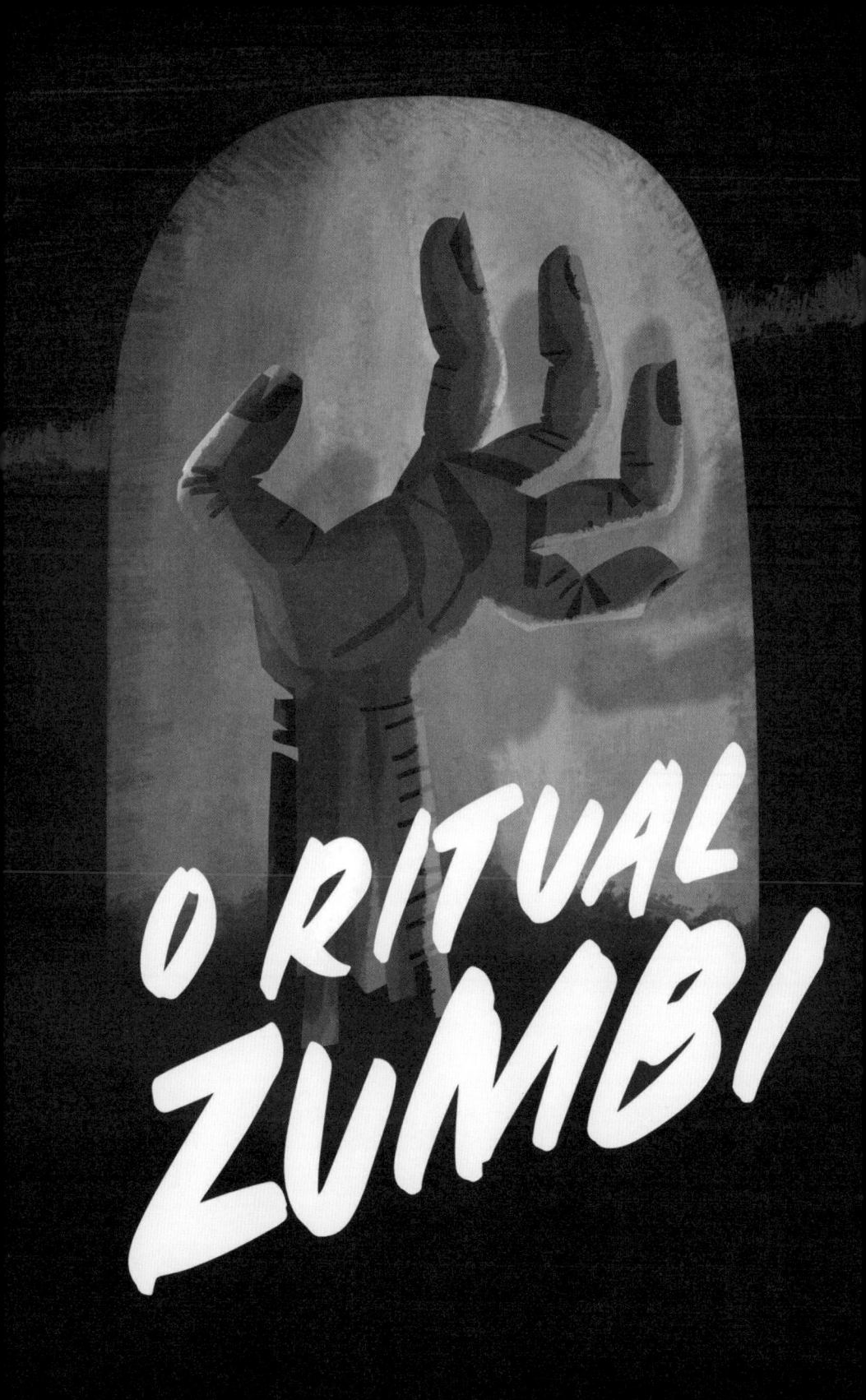

O RITUAL ZUMBI

O RITUAL ZUMBI

SINOPSE

O poderoso mago Zwarvskt tirou um plano maléfico da cartola: ressuscitar um antigo inimigo e transformá-lo em um servo-zumbi! Para isso, vai até a tumba de sua pobre vítima com um livro secreto de magia para fazer o ritual macabro. Mas o feitiço sai mais forte do que ele esperava e acaba despertando outros inimigos que não estavam nos planos.

LISTA DE EFEITOS

- CENOGRAFIA DE CEMITÉRIO
- MAQUETE DE CEMITÉRIO COBERTO DE NEVE
- NEVE FALSA
- LÁPIDE E RACHADURA
- MUSGOS NA LÁPIDE
- LIVRO ENVELHECIDO
- GOSMA VERDE ESPIRRA DA TERRA
- MÃO CADAVÉRICA SAI DA TUMBA
- ROUPAS PODRES
- CORPO DIVIDIDO AO MEIO
- MAQUIAGEM DE ZUMBI
- TRIPAS E ÓRGÃOS FALSOS (VER EFEITO NA P. 32)

PERSONAGENS

ZWARVSKT – 180 ANOS

BRUXO NARU – 331 ANOS

MIGUELITOS – 14 ANOS

 ZUMBIS – IDADE INDETERMINADA

CENA 1 EXT. NOITE – CEMITÉRIO

PLANO 1

O chão de um pequeno cemitério está todo coberto com neve. Apenas as antigas tumbas de pedra ficam para fora.

O mago narra por cima da cena.

MAGO ZWARVSKT *(off)*

Para um mago, mesmo quando um inimigo já está morto, ele ainda pode encher o saco. Já faz mais de dez anos que aquele chato do Bruxo Naru foi pro beleléu! Ainda me lembro do dia, nevava bastante…
(dá risada exagerada)
Achava que era mais esperto que eu. Coitado! Se deu mal!

PLANO 2A

Em uma das lápides cercadas por neve no chão, é possível ler o nome do bruxo:

Bruxo Naru
★ *1568*
† *1899*

Fusão para a próxima cena.

PLANO 3B

MAGO ZWARVSKT

A minha vingança contra ele ainda não acabou! Hoje vou ressuscitá-lo e transformá-lo em meu servo- -zumbi por toda a eternidade!
(risada maléfica)

MIGUELITUS
(inocente)
Coitado, chefe…
Deixa o morto em paz…

MAGO ZWARVSKT
Fica quieto! Você não sabe de nada!

PLANO 4

Zwarvskt coloca o pesado e antigo *Livro de magia* sobre uma pedra. Miguelitus se aproxima, empolgado.

MIGUELITUS *(suplica)*
Oba! Hoje eu posso ler a magia?
Você deixa, por favor?!

MAGO ZWARVSKT
Claro que não!
E tira essa mão suja do meu livro!

MIGUELITUS
Ah… você nunca me deixa ver o livro…

Miguelitus se afasta, decepcionado.

PLANO 2B

O plano permanece fixo na mesma lápide.

Em um efeito de passagem de tempo, a lápide envelhece ganhando musgos e rachaduras, e a neve some, dando lugar à terra.

PLANO 3A

Escutamos sons de passos se aproximando, são: mago Zwarvskt e Miguelitus.

PLANOS 5 - 6

Zwarvskt abre o livro, e as folhas se viram sozinhas até que ele para em uma página cheia de desenhos de figuras humanas e palavras num idioma desconhecido.

PLANO 7

O mago não perde tempo: começa o ritual fazendo gestos que lembram uma dança esquisita. Miguelitus ri.

> **MAGO ZWARVSKT** (bravo)
> Tá rindo de quê? Quer virar zumbi também?

> **MIGUELITUS**
> Não, não! Desculpa, chefinho...

> **MAGO ZWARVSKT** (invocando)
> Nara-condruz Chichmankchuk!

> **MIGUELITUS** (sem graça)
> Na verdade, a pronúncia certa é "ChichBAkchuk"!

> **MAGO ZWARVSKT** (irritado)
> Cala a boca!

Sons de trovão.

A lápide do Bruxo Naru dá uma leve tremida.

Miguelitus se afasta com medo.

CENA 1 EXT. NOITE – CEMITÉRIO

PLANO 8

Zwarvskt continua confiante.

MAGO ZWARVSKT
(invocando)
Chichmankchuk Bruxo
Naru extru garond!
Orbitus mortis vivid aguein!

PLANO 9

A lápide de Bruxo Naru volta a tremer e cria uma grande rachadura.

PLANO 12

Miguelitus pula de susto e se agarra ao mago.

Zwarvskt o empurra com rispidez e continua entoando as palavras mágicas.

MAGO ZWARVSKT
ORBITUS MORTIS VIVID AGUEIN!

PLANO 13

Finalmente Bruxo Naru sai da cova feito um morto-vivo.

A visão é horripilante.

O corpo e as roupas do zumbi estão podres, e ele ainda solta um grunhido repugnante.

PLANO 10

Miguelitus recua ainda mais.

MIGUELITUS
A-acho que o morto aí embaixo
vai acabar ficando bravo…

MAGO ZWARVSKT
(ignora Miguelitus, grita mais alto)
ORBITUS MORTIS VIVID AGUEIN!

Um líquido gosmento e verde começa a jorrar do chão perto do túmulo.

PLANO 11

De repente, algo fantástico acontece: uma mão cadavérica sai da terra na tumba de Bruxo Naru.

PLANO 14

Bruxo Naru caminha em direção ao mago e a Miguelitus.

Miguelitus ameaça correr, mas o mago o segura.

MAGO ZWARVSKT
Fica tranquilo, agora ele
vai me obedecer
igual a um cachorrin…

PLANO 15

A fala do mago é interrompida por um grunhido forte vindo atrás deles.

Miguelitus olha assustado ao redor e… vê que eles estão cercados por mais QUATRO ZUMBIS!

MIGUELITUS
A-acho que seu feitiço
acabou acordando a
vizinhança toda!

O mago puxa Miguelitus para tentar se defender, mas o jovem assistente foge correndo.

Zwarvskt acaba sozinho e cercado pelos zumbis.

Bruxo Naru se aproxima rosnando.

O mago tenta se manter firme, mas logo desarma a pose.

CENA 1 EXT. NOITE – CEMITÉRIO

 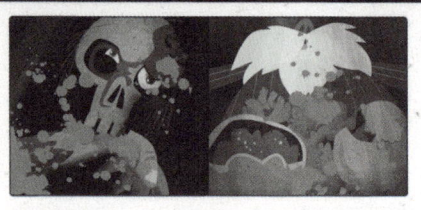

PLANO 16

MAGO ZWARVSKT
C-calma, sejam bonzinhos...
Fiz isso para ajudar vocês!

Um dos zumbis parte para o ataque!
O mago segura a cabeça da criatura
para evitar as mordidas.

Bruxo Naru também vem para cima, e
segura o mago pelos braços, enquanto
os outros o pegam pelas pernas.

Os zumbis começam a esticar o mago,
que tenta resistir, aos berros, mas seu
corpo acaba sendo divido ao meio!

PLANOS 17 - 18
Os zumbis se jogam como cães famin-
tos para comer as tripas que saem da
barriga do mago.

Um dos zumbis morde o braço do
mago e arranca um pedaço de carne.
A cena é grotesca.

PLANO 19

Miguelitus aproveita a distração dos
zumbis para roubar o livro.

MIGUELITUS
Eu avisei que ele estava
pronunciando errado a
palavra mágica...

Miguelitus sai rápido de lá, enquanto
os zumbis terminam de devorar o
mago Zwarvskt.

FIM!

RECEITAS

CENOGRAFIA DE CEMITÉRIO

Espaço necessário:

Praça, jardim, sítio, praia, terreno descampado.

Materiais:

* MADEIRA VELHA PARA FAZER CRUZES
* 2 A 5 SACOS DE TERRA
* ARGILA
* JORNAL, REVISTAS VELHAS E/OU GARRAFAS DE PLÁSTICO
* SACO DE LIXO PRETO

Produção:

Todo o filme se passa em um cemitério à noite. A menos que você tenha autorização e coragem para gravar em um cemitério de verdade, dá para simular um cemitério antigo abandonado e pode ser bem divertido de fazer.

Para começar, você vai precisar encontrar uma praça, um parque, um terreno descampado, um jardim de uma casa, um sítio... até uma praia! Algum lugar que você possa gravar com segurança e tranquilidade. Importante que não seja um lugar perigoso, nem escuro demais, caso contrário, sua câmera não vai enxergar nada.

Depois, produza algumas cruzes de madeira. Pode pegar pedaços velhos de madeira mesmo, afinal as cruzes precisam parecer antigas. Daí, espalhe essas cruzes pelo lugar.

Para a tumba principal, você vai usar a lápide de argila (que você vai aprender logo mais). Caso você tenha material suficiente e paciência para fazer mais lápides de argila, melhor ainda. Espalhe as lápides pelo seu cemitério.

Por último, você precisa simular uma tumba de terra na frente da lápide do Bruxo Naru. Sabe quando há uma espécie de morrinho de terra na frente da lápide? Isso aí. Existe um jeito simples: comprar alguns sacos de terra e fazer o montinho.

Outra solução é encher alguns sacos de lixo preto com jornal e garrafas de plástico. Você vai usar esses sacos como base para dar volume ao pequeno monte. E por cima você vai cobrir com terra. Desse jeito, não vai precisar comprar nem carregar tantos sacos de terra.

Pronto: seu cemitério de mentirinha está pronto para fazer história!

IMPORTANTE: ao final, recolha todo o material e deixe o lugar como estava antes.

MAQUETE DE CEMITÉRIO COBERTO DE NEVE

Além do cenário de cemitério real, produziremos também uma maquete de cemitério. Vamos fazer aquele tipo de cemitério de filme de terror antigo, em que as lápides têm formato circular e são feitas de pedra. Escolhemos fazer assim, porque a lápide tem função na história.

Materiais:

* BASE: MDF, ISOPOR OU ACRÍLICO
* **200** G DE ARGILA
* TERRA
* CORANTE EM PÓ VERDE
* SAL GROSSO
* ÁGUA

> A QUANTIDADE DE ARGILA E DE ÁGUA DEPENDE DO TAMANHO DA SUA MAQUETE.
>
> CASO A ARGILA ESTEJA ENDURECIDA, ACRESCENTE UM POUCO DE ÁGUA ATÉ QUE CONSIGA MODELÁ-LA.

Produção:

A primeira coisa que você precisa fazer é moldar as lápides na argila. Depois, coloque-as em cima da sua base. Não é necessário que tenham muitos detalhes porque o plano será geral. Assim que secarem, espalhe a terra. Por cima da terra, coloque o sal grosso para o efeito de neve. Em alguns cantos ou espaços, você pode jogar o corante em pó verde para dar a impressão de grama rarefeita.

LÁPIDE E RACHADURA

Você precisará reproduzir uma lápide em tamanho real. Ela deve seguir o mesmo molde de todas as pequenas que você criou na maquete na primeira cena.

Materiais:

* RÉGUA
* ARGILA
* ÁGUA
* PALITO DE CHURRASCO

Produção:

A lápide deve ter, pelo menos, trinta centímetros de altura. Modele a lápide com argila. É só colocar seus talentos de escultor em prática. A lápide não tem um formato muito difícil. Após a modelagem, use um palito de churrasco para escrever o nome do morto e a data da morte:

Bruxo Naru
★1568
† 1899

Depois, use o mesmo palito de churrasco para fazer uma grande "rachadura" funda no meio da lápide. Cuidado para não destruir a estrutura. Feito isso, esconda a rachadura com uma camada bem fina de argila. Espere secar. Você pode acelerar o processo com um secador. Depois que estiver seco, a ideia é ir quebrando essa camada fina aos poucos para revelar a rachadura, em um efeito de *stop-motion* que explicaremos na decupagem.

MUSGOS NA LÁPIDE

Utilizando a mesma lápide, faremos surgir musgos em suas rachaduras.

Materiais:

* SERRAGEM DE MADEIRA
* CORANTE (PÓ OU LÍQUIDO) VERDE
* VASILHA PARA MISTURAR
* COLA BRANCA

Produção:

Pinte a serragem com um tom de verde que pareça musgo. Como o musgo tem vários tons, fica até legal separar um pouco de serragem em diferentes tons de verde. Depois, cole a serragem aos poucos na lápide, conforme vamos explicar na decupagem de planos.

LIVRO ENVELHECIDO

Para imitar livros antigos, utilizaremos como base um exemplar muito grande e velho, e faremos uma mudança em sua capa.

Materiais:

* LIVRO ANTIGO E GROSSO
* LIXA FINA PARA MADEIRA
* CANETA POSCA DOURADA OU PRATEADA
* BETUME
* PINCEL
* FOLHAS DE PAPEL SULFITE
* FITA DUPLA-FACE

Produção:

Algumas vezes, para fazer um bom efeito, basta uma ideia simples. E, para fazer um livro grande e antigo, nada melhor do que usar um livro grande e antigo. Você pode procurar em um sebo algum livro bastante volumoso para realizar esta adaptação.

Uma dica é buscar um volume de uma enciclopédia antiga com capa dura, por exemplo. Depois que você tiver decidido qual livro vai usar, transforme a capa e algumas páginas do miolo.

Para transformar a capa, lixe as letras e os desenhos que estão nela. Então, com a capa "limpa", elabore um estilo de letra para o título, busque referências: pode ser bacana utilizar um estilo gótico. Faça um esboço em um papel do tamanho da capa e depois utilize como máscara/estêncil para fazer o novo título do seu livro. Assim que tiver chegado a um resultado satisfatório com as letras, recorte-as de maneira que fiquem vazadas, para que você as desenhe com a caneta posca diretamente na capa.

Caso as páginas do livro não estejam com aspecto antigo, utilizaremos betume para envelhecê-las. Passe no pincel pouca quantidade do material e espalhe pela lateral do livro fechado.

No interior, escolha uma página para reproduzir o que seria a página de um livro de magias, com desenhos e poções secretas escritas. Produza essas páginas numa folha separada, corte do mesmo tamanho e cole-as com fita dupla-face ou cola branca nas páginas do livro.

GOSMA VERDE ESPIRRA DA TERRA

Podemos aproveitar as receitas contidas no filme 1, *Abdução explosiva*, para fazer o sangue verde.

Materiais:

* SANGUE VERDE
* TUBOS DE SILICONE
* SERINGA

Produção:

Esconda os tubinhos de silicone debaixo da terra, deixando apenas a pontinha saindo na tumba. Se puder, coloque mais de um ponto de saída. Depois encha a seringa e todos os caninhos com sangue verde. No "ação", é só apertar a seringa de uma vez, que o líquido vai jorrar para cima.

MÃO CADAVÉRICA SAI DA TUMBA

No roteiro *A bruxa fantasma*, ensinamos você a fazer a mão de caveira (p. 71) que poderá servir para esta cena também, com algumas modificações.

Materiais para fazer uma mão de caveira:

* MASSA PARA BISCUIT BRANCA
* FITA-CREPE
* JORNAL
* TINTA PRETA
* SOMBRA OU PÓ COMPACTO ESCURO

* PINCEL
* CENOURA
* SANGUE FALSO
* TERRA
* COLA LÍQUIDA

Produção:

Para criar a mão de zumbi, faça primeiro um molde com o jornal e a fita-crepe: comece fazendo o antebraço e a palma da mão, vá amassando o papel e envolvendo com a fita, depois tire um dos dedos. Em seguida cubra a mão de jornal com o biscuit branco, vá moldando com o formato de mão e dedos. Capriche na modelagem com unhas grandes caindo, ou, ainda, com dedos sem unhas.

Deixe secar. Enquanto o biscuit seca, pegue pó compacto ou sombra escura e passe na mão para servir de base. Em seguida, coloque um pouco de cola líquida, espalhe um pouco de terra e jogue um pouco de sangue falso, especialmente próximo das unhas. No lugar do dedo que falta, coloque um pedaço de cenoura mergulhado no sangue falso, para dar a ideia de um dedo amputado.

ROUPAS PODRES

Você vai produzir a caracterização de um bruxo zumbi. Pode usar capa ou paletó, calça ou um manto grande. O mais importante é que as roupas estejam com aspecto de muito velhas e sujas. Melhor ainda se elas estiverem furadas, rasgadas, sujas de terra. Será bem divertido realizar a produção dessas roupas, é só brincar de se sujar ao máximo e deixar as roupas secando para serem usadas depois. Para furá-las, você pode usar uma tesoura (peça a ajuda de um adulto) e para sujá-las, lama ou tinta diluída em água.

CORPO DIVIDIDO AO MEIO

Para este efeito, você utilizará o mesmo manequim usado no filme *Abdução explosiva*. Apenas o
corte será diferente. Você também vai usar o sangue
falso, as tripas e a massa de pastel para ser a pele.

Materiais:

* MANEQUIM
* MASSA DE PASTEL
* SANGUE FALSO
* TRIPAS E ÓRGÃOS FALSOS
* COLA BRANCA

Produção:

Dessa vez você vai dividir o manequim ao meio! Mas não corte
retinho, faça de modo irregular.

Depois de cortar o manequim, na hora da cena, você vai enchê-
-lo com tripas e órgãos ensopados em sangue falso, e encaixar de
volta as duas metades. Depois, tape o corte com massa de pastel
e prenda-a com um pouco de cola branca mesmo.

Por último, vista o boneco com as roupas do mago Zwarvskt.
O ideal é que a roupa rasgue na mesma hora em que o corpo se
dividir ao meio, para que a câmera possa pegar bem os órgãos
pulando para fora. Um truque é já fazer pequenos cortes na
roupa com uma tesoura, e pedir para os zumbis em cena puxarem
com força bem ali, para rasgar.

Se você não tiver duas roupas iguais, deixe para gravar essa
cena por último.

MAQUIAGEM DE ZUMBI

Materiais:

* TALCO BRANCO OU PANCAKE BRANCO
* SOMBRA PRETA E VERDE-ESCURA
* LÁPIS DE OLHO PRETO
* SANGUE FALSO
* PEDAÇOS DE PAPEL-TOALHA OU PAPEL HIGIÊNICO
* COLA PARA MAQUIAGEM

Produção:

Prepare a base do rosto com pedaços de papel-toalha ou papel higiênico colados (eles devem ser cortados de maneira irregular). Esse efeito funcionará como pele descolando ou deteriorada. Depois de seco, cubra todo o rosto com talco ou pancake branco. Escureça olhos e pálpebras com a sombra preta, finalizando com a verde-escura ao redor. Passe a sombra preta ou verde nos lábios também. E onde mais desejar. Utilize um pouco do sangue falso para alguns pontos do rosto como canto dos lábios, abaixo do nariz e pescoço. Crie o efeito morto-vivo conforme sua criatividade.

DECUPAGEM DE PLANOS

PLANO 1 - GERAL / CÂMERA NA MÃO

 **AÇÃO**

– Cemitério vazio.

COMO FILMAR

Você construiu uma bela maquete de um tenebroso cemitério. Com certeza deu bastante trabalho para ficar legal, por isso ela merece abrir seu filme!

Esse é um plano de estabelecimento, para que as pessoas entendam onde vai se passar a história e já entrarem no clima.

Nossa sugestão: faça um plano alto com a câmera na mão se aproximando lentamente da maquete. Imagine como se a câmera estivesse numa grua, em cima de um cemitério real. Tente deixar o movimento o mais suave possível.

Cuidado para não mostrar outras coisas ao redor e denunciar que aquilo não passa de uma maquete! Fique atento para enquadrar de uma forma que não quebre a magia. Isso é fundamental.

Se você tiver gelo seco ou máquina de fumaça, esta é a hora de jogar aquela neblina arrepiante na maquete e aumentar o clima de terror.

E ATENÇÃO: este filme se passa de noite! Afinal, cemitério de dia não dá medo em ninguém.

Por isso, sua cena precisa ter essa escuridão. O escuro ao redor pode ajudar você a esconder a maquete.

Último detalhe: esse plano precisa ter duração suficiente para caber a narração inicial do mago Zwarvskt.

PLANO 2 – CLOSE / CÂMERA FIXA

 **AÇÃO**

– Lápide envelhece.

 **COMO FILMAR**

Esta é a hora de concluir a ilusão de que é realmente um cemitério real.

Agora vamos usar a lápide que você fez em tamanho real. Coloque a lápide no seu cenário, apoiando bem para ela não cair e quebrar.

Depois jogue sal grosso ao redor para parecer neve.

Deixe a câmera fixa e monte um close da sua lápide.

Esse plano precisa garantir que o espectador consiga ler o nome do Bruxo Naru na lápide.

Deixe um espaço para que possamos ver em segundo plano o vulto de alguém se aproximando – você vai entender melhor no plano 3.

DECUPAGEM DE PLANOS — FILME 3

MUITO IMPORTANTE: para criar a sensação de passagem de tempo, você vai utilizar um efeito de *stop-motion*, ou seja, a câmera tem que ficar exatamente fixa no mesmo lugar, sem se mexer.

Deixe a câmera travada, grave apenas alguns segundos e corte. Tire um pouco da neve e cole um pouco de serragem verde para imitar musgo. Grave e corte. Tire mais neve e acrescente um pouco dos musgos... Você pode usar também a ponta de um compasso ou uma faca para criar pequenas rachaduras que vão surgindo. Vá fazendo isso até que suma toda a neve e apareça bastante do efeito de envelhecimento da lápide.

PLANO 3 - GERAL / CÂMERA FIXA

 **AÇÃO**

– Mago Zwarvskt e Miguelitus surgem em cena.
– Os dois caminham enquanto conversam.

COMO FILMAR

Este é exatamente o mesmo quadro do plano anterior. A câmera não pode ter se mexido nem um centímetro, beleza?

Lembra que você deixou previsto um espaço no segundo plano? Perfeito! Agora você vai pedir para os dois atores que interpretam o mago e Miguelitus virem caminhando lá do fundo, atrás da lápide, em direção à câmera.

Não precisamos vê-los totalmente, basta percebermos que alguém surgiu em cena.

PLANO 4 – CONJUNTO / CONTRA-PLONGÉE / TRAVELLING OUT

AÇÃO

– O mago Zwarvskt e Miguelitus caminham conversando.
– O mago coloca o livro em cima de uma pedra.

COMO FILMAR

Agora sim, vamos ver melhor os personagens principais do filme! Queremos apresentá-los de modo assustador, certo? Um truque antigo, mas que sempre funciona, é colocar a câmera baixa apontando para cima em direção ao rosto do ator (*contra-plongée*). Isso deixa o personagem grandioso ou mais assustador na tela.

Vamos criar um plano enquadrando o mago e Miguelitus lado a lado. A câmera vai andando de costas (*travelling out*) enquanto os personagens caminham.

Os dois vão falar o texto enquanto passam pela lápide.

IMPORTANTE: durante a ação, o ator tem que segurar o livro de magia de forma que tenha destaque na câmera. Assim, o espectador já cria a expectativa de que algo vai acontecer.

PLANO 5 – OVER THE SHOULDER / CÂMERA NA MÃO

AÇÃO

– O mago Zwarvskt e Miguelitus param na frente da lápide.
– O mago coloca o livro em cima de uma pedra.
– Miguelitus pede para ver o livro.
– O mago empurra Miguelitus.

COMO FILMAR

Para dar sequência ao plano anterior, os dois personagens começam o plano vindo em direção à câmera, e logo depois de dar dois passos, já se viram de costas deixando o livro na lápide. Como mostra a ilustração.

PLANO 6 – DETALHE / SUBJETIVA / CÂMERA NA MÃO

 **AÇÃO**

– O mago abre o livro.
– As folhas se viram sozinhas e param na página escolhida.

 **COMO FILMAR**

Para fazer esse efeito das folhas virando sozinhas até a página certa, você vai colocar a cena em sentido reverso na edição.

Segure a câmera na altura dos olhos do mago, como se ele estivesse olhando para o livro.

Já deixe o livro aberto na página certa: aquela que você preparou com desenhos e poções mágicas escritas.

Quando a câmera começar a gravar, deixe assim parado por alguns segundos, depois use um ventilador ou secador de cabelo para as folhas do livro irem virando sozinhas. Quando achar que já virou bastante, peça para o ator fechar o livro e tirá-lo de quadro.

Quando você colocar essa cena ao contrário, vai parecer que o ator abriu o livro e que as folhas viraram sozinhas com o vento e pararam magicamente na página certa.

PLANO 7 – CONJUNTO / *TRAVELLING* PARA A DIREITA / CÂMERA NA MÃO

AÇÃO

– Mago começa a invocar o feitiço.

– Miguelitus corrige a pronúncia do mago.

COMO FILMAR

Agora, você vai fazer um plano aberto, mostrando os dois personagens de frente.

Segure a câmera na mão enquanto os dois atores vão caminhando suavemente para a direita. Em seguida, o mago começa a fazer movimentos cômicos invocando a magia, e Miguelitus o observa e acha engraçado.

Quando eles terminam esse trecho de diálogo, a câmera deve estar chegando perto da lápide, deixando-a em primeiro plano.

Nesse momento, uma luz pode piscar fora de quadro para simular um relâmpago.

Ao mesmo tempo, os atores reagem ao trovão. O barulho você vai colocar na edição. Se quiser gravar o barulho na hora, é só chacoalhar uma placa de metal barulhenta perto do microfone, como faziam antigamente nas novelas de rádio.

E uma pessoa escondida fora de quadro faz a lápide tremer em primeiro plano.

Miguelitus se afasta nervoso, mas o mago segue confiante.

PLANO 8 – PLANO AMERICANO / CONTRA-PLONGÉE / TRAVELLING IN

AÇÃO

– O mago levanta a voz e invoca o trecho final do feitiço.

COMO FILMAR

Hora de o mago crescer em cena!

Vamos aproximar a câmera dele, novamente de baixo para cima, deixando o personagem bem aterrorizante na tela.

Enquanto ele fala, fica legal piscar a luz de relâmpago para dar aquele clima de terror.

PLANO 9 – CLOSE / CÂMERA FIXA

 **AÇÃO**

– A lápide racha.

 **COMO FILMAR**

Você vai usar outra vez o efeito de *stop-motion*, já que essa é uma linguagem que já estabelecemos nesse filme.

Trave a câmera bem firme num plano fixo mostrando a lápide de frente.

É aquele mesmo esquema: grava um pouquinho, para. Grava mais um pouco e corta...

Aos poucos, vá abrindo a rachadura que você escondeu com uma pequena camada de argila. Depois, na edição, a ideia é parecer que a rachadura se formou em poucos segundos.

ATENÇÃO: cuidado para não mexer a câmera. Mas se a lápide se mexer um pouquinho, nesse caso não tem problema, vai parecer que ela estava tremendo junto.

PLANO 10 – GERAL / CÂMERA NA MÃO

AÇÃO

– A lápide termina de tremer.
– Miguelitus se afasta.
– Miguelitus e o mago conversam.
– Um líquido verde jorra da tumba.

COMO FILMAR

Esconda embaixo da terra os caninhos que vão jorrar a gosma verde, e estique até chegar em alguém que possa segurar a seringa fora de quadro.

Segure a câmera bem próxima do chão, com a lápide em primeiro plano, para que o espectador veja a terra do túmulo onde vai rolar o efeito.

Ao fundo, teremos Miguelitus e o mago.

Assim que eles terminam o diálogo, o líquido verde deve começar a jorrar da terra.

Sincronia é fundamental em efeitos especiais, então a pessoa que está escondida fora de quadro com a seringa deve ficar atenta para empurrar com tudo o líquido verde bem na fala do mago.

PLANO 11 – CLOSE / CÂMERA NA MÃO

AÇÃO

– Mão de cadáver sai da terra.

COMO FILMAR

Depois de maquiar a mão de cadáver do seu ator, deite-o ao lado da tumba cenográfica, e cubra apenas a mão e o braço dele com terra.

Coloque a câmera apontada para o pedaço de terra de onde vai sair a mão, deixando o resto do corpo do ator fora de quadro.

Na ação, o ator levanta com tudo a mão para fora da terra, como se fosse um zumbi acordando da morte. Pronto!

Para complementar, você pode jorrar líquido verde junto com o movimento.

ATENÇÃO: NUNCA enterre alguém para gravar uma cena. Isso pode causar acidentes fatais. E não existe magia para ressuscitar depois.

PLANO 12 – PLANO MÉDIO / TRAVELLING IN

AÇÃO

– Miguelitus pula e se agarra ao mago.
– O mago empurra Miguelitus.
– O mago continua invocando o feitiço.

COMO FILMAR

Comece o plano com os dois personagens em cena e, assim que Miguelitus for empurrado pelo mago, avance suavemente a câmera em direção ao mago, enquanto ele pronuncia as palavras mágicas finais! Esse movimento vai acentuar a tensão da cena.

E não se esqueça de piscar mais alguns relâmpagos para pontuar o final dessa fala!

PLANO 13 - CLOSE / CÂMERA FIXA

 **AÇÃO**

– O Bruxo Naru finalmente sai da cova.

COMO FILMAR

Aponte sua câmera para a lápide e deixe o ator que faz o Bruxo deitado bem abaixo do quadro. Quando você disser "ação", o Bruxo se levanta, entrando com o rosto em cena.

Para ficar bem dramático, jogue um pouco de terra no rosto do ator, para que pareça que ele realmente acabou de sair de uma cova. Vale lembrar ao ator para ficar de olhos fechados na hora, para não entrar terra nos olhos.

PLANO 14 - *OVER THE SHOULDER* / CÂMERA FIXA

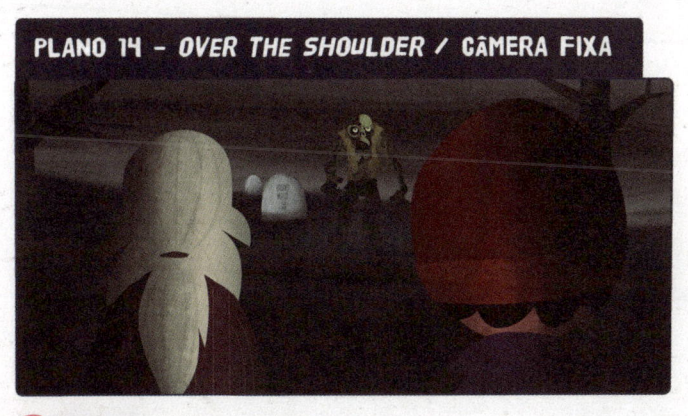

AÇÃO

– O Bruxo Naru caminha em direção ao mago e a Miguelitus.

COMO FILMAR

Coloque a câmera atrás do mago e de Miguelitus, para pegar o Bruxo Naru se levantando e andando na direção deles em segundo plano.

ATENÇÃO: agora você precisa revirar bem a terra da tumba, para parecer que alguém acabou de sair de lá de dentro.

PLANO 15 – CONJUNTO / CÂMERA NA MÃO

AÇÃO

– O mago e Miguelitus são cercados por outros zumbis.
– Zumbis partem e derrubam o mago no chão.
– Bruxo Naru também vem pra cima e segura o mago pelos braços, enquanto os outros o puxam pelas pernas.

COMO FILMAR

Agora o cinegrafista terá que ensaiar bem o movimento com os atores para não perder nenhuma ação. Os zumbis cercam os dois, enquanto seguram o braço do mago.

PLANO 16 – CONJUNTO / *PLONGÉE*

AÇÃO

– O corpo do mago é dividido ao meio.

COMO FILMAR

É hora do truque!

Depois de preparar o manequim, feche o plano na barriga falsa.

Coloque o braço do ator que faz o mago se mexendo por perto, para dar realismo.

Capriche na quantidade de tripas e sangue para ficar bem impressionante na câmera.

Quando tudo estiver pronto, peça para os zumbis esticarem a barriga falsa até ela se romper!

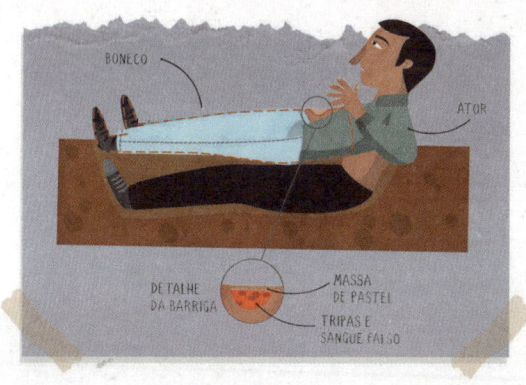

PLANO 17 - CLOSE

AÇÃO

– Os zumbis comem as tripas do mago.

COMO FILMAR

Pegue a parte das pernas do boneco, coloque uma grande fatia de goiabada em alguma parte, e faça o zumbi morder ali como se estivesse comendo um pedaço da carne do mago.

PLANO 18 – PLANO MÉDIO / *PLONGÉE*

 **AÇÃO**

– Os zumbis comem as tripas do mago.
– O mago dá o último suspiro e morre.

COMO FILMAR

Deixe a câmera quase encostada na barriga do mago, onde supostamente o corpo se dividiu.

Junte os zumbis ali em primeiro plano comendo as tripas.

Em segundo plano, o mago dá seu último suspiro e morre.

PLANO 19 – CONJUNTO / CÂMERA NA MÃO

 **AÇÃO**

– Miguelitus escapa da confusão, rouba o livro e vai embora.

COMO FILMAR

A câmera acompanha toda a ação de Miguelitus até ele sair do quadro, deixando ao fundo os zumbis devorando o corpo do mago Zwarvskt. Corta!

GLOSSÁRIO

PRÉ-PRODUÇÃO: todos os preparativos que acontecem antes das filmagens.

PRODUÇÃO: todos os dias em que estão ocorrendo as filmagens.

PÓS-PRODUÇÃO: todas as tarefas que ocorrem depois das filmagens. São edição, efeitos especiais no computador, música, sonorização, finalização de contratos, orçamentos e outros tipos de planejamentos.

DIÁRIA: é literalmente a diária de filmagem. Num set profissional, uma diária tem em média de oito a doze horas.

SET DE FILMAGEM: é o local onde vão acontecer as filmagens daquele dia. Exemplo: hoje todas as cenas serão gravadas na praia. Então o set de filmagem de hoje é na praia.

CENA: é um pequeno bloco do filme que geralmente se passa no mesmo cenário e período de tempo (é possível uma mesma cena passar por diferentes locações). O que determina o fim e o início de uma cena é a própria história. Quando mudamos a narrativa para outro espaço, tempo ou grupo de personagens, temos uma mudança de cena.

QUADRO: imagine a TV ou a tela de cinema como um grande retângulo. Esse é o que chamamos de "quadro". Tudo que está aparecendo em cena está "em quadro" ou "dentro de quadro". Por exemplo: se um cavalo está fora de cena e entra caminhando, ele "entrou em quadro". Se o cavalo continuar andando e sair de cena, ele "saiu de quadro" e ficou "fora de quadro".

ABRIR OU FECHAR O QUADRO: abrir quadro é afastar a câmera, ou abrir o zoom para aumentar a quantidade de personagens e objetos vistos em cena. Exemplo: vamos "abrir o quadro" para colocar todos os alunos da sala dentro da cena. Fechar o quadro é se aproximar de algum personagem ou objeto. Por exemplo: vamos "fechar o quadro" na maçã que está em cima da mesa. Quer dizer, vamos dar um close e filmar a maçã bem de perto com a câmera.

PLANO: é o enquadramento. Por exemplo: nosso próximo quadro é um "plano" geral da igreja. Depois, o próximo "plano" é um close do padre chegando para a missa.

MASTER SHOT/ PLANO MASTER: é um plano em que gravamos de uma vez só, praticamente toda a ação de uma cena. Geralmente é um plano mais aberto.

CORRIGIR A CÂMERA: é movimentar a câmera, para esquerda, para direita, para cima ou para baixo, para ajustar melhor o quadro.

FOCO DOCE: quando a câmera não consegue focar corretamente o objeto ou personagem em cena. Diz-se que o "foco está doce" para avisar que a cena está desfocada.

DAR O TEXTO: é quando o ator dá a fala do seu personagem em cena. O ator "deu o texto".

OFF: termo muito utilizado para designar a fala de um personagem quando ele não aparece em cena. Por exemplo: a narração de um personagem, na qual escutamos apenas sua voz ou o diálogo entre dois personagens ao telefone, mas só vemos um deles em cena. A fala do personagem que não aparece está em "off". Outro termo muito utilizado é "O.S." – "Out of Scene" (fora de cena).

DEIXA: quando um personagem termina de dar a sua fala, ele dá "deixa" para o outro personagem falar. A "deixa" é justamente a parte final da fala de um personagem, antes do outro falar. Então, é muito importante para um ator decorar o seu próprio texto, e também as suas "deixas" para saber quando ele começa a falar.

DECUPAGEM: termo que pode ser utilizado em dois momentos de um filme. No momento da filmagem, "decupagem de planos" é pensar e listar todos os planos que precisam ser filmados para contar a história. No momento da edição, "decupagem de material" é assistir ao material bruto gravado e selecionar o que será utilizado na edição final.

TRUCAGEM: é um termo para dizer que faremos algum "truque" de efeito especial, de câmera ou de pós-produção, para gerar determinando efeito em cena.

MATERIAL BRUTO: todo material que foi gravado, sem cortes, nem seleção. É o material completo.